El jugador

CALAMBUR

2025

El jugador

Fiódor Dostoyevski

Título original: Игрок

Primera edición en Calambur: marzo de 2025

c/ POBLA DE LILLET, 4. LOCAL 1. 08028 BARCELONA

TEL.: (+34) 931 708 326

calambur@calambureditorial.com • www.calambureditorial.com

calambureditorial.blogspot.com • facebook.com/CalamburEditorial •

@EdCalambur

Director literario: LLUIS CLARET

Diseño y maquetación: TANIA LÓPEZ

Corrección y edición: KARINA CHMYREVA

Traducción: VIOLETA BYKOVA

Coordinación y arte final: SOFÍA CABRERA

ISBN: 978-84-8359-117-8

Depósito legal: B-6605-2025

El jugador se acabó de imprimir
en marzo de 2025.

Impreso en España

ÍNDICE

El jugador de Fiódor Dostoyevski

Fiódor Mijáilovich Dostoyevski (1821-1881) es una de las figuras más destacadas de la literatura universal y un pilar fundamental del realismo psicológico en el siglo XIX. Nacido en Moscú en el seno de una familia de clase media, su vida estuvo marcada por una combinación de tragedias personales, problemas financieros y profundas inquietudes filosóficas que moldearon su obra. A través de su escritura, Dostoyevski exploró los rincones más oscuros de la psique humana, abordando temas como el sufrimiento, la redención, la fe, y los conflictos éticos y sociales.

El jugador, publicado en 1867, refleja con intensidad los conflictos psicológicos y las complejidades morales de sus personajes, un sello distintivo de su estilo literario. Este libro, escrito en un período de apuros económicos para el autor, combina elementos autobiográficos con una exploración profunda de la adicción, las pasiones humanas y el poder del azar sobre el destino.

La novela transcurre en un pequeño y ficticio balneario alemán llamado Roulettenburg, un lugar dominado por la atracción de los casinos y la promesa de riqueza inmediata. El protagonista, Alekséi Ivánovich, es un joven tutor al servicio de una familia rusa acomodada. A lo largo de la obra, se desenvuelve como una figura compleja y contradictoria: inteligente pero impulsivo, idealista pero consumido por sus deseos más básicos. Su adicción al juego no solo sirve como motor de la trama, sino como una metáfora de la fragilidad y la lucha interior del ser humano.

El amor imposible de Alekséi por Polina Aleksándrovna, la hija del general, añade una dimensión emocional al relato. La relación entre ambos es tensa y ambigua, marcada por la obsesión, la dependencia emocional y la incapacidad de expresar sus sentimientos de forma abierta. Esta dinámica ilustra cómo las pasiones, al igual que el juego, pueden llevar a las personas a la ruina emocional y moral.

A través de sus personajes secundarios, Dostoyevski dibuja un retrato mordaz de la sociedad europea de la época, donde las apariencias, el dinero y la especulación definen las relaciones humanas. Figuras como el general, un hombre arruinado por sus deudas y su ambición, y la abuela, una anciana excéntrica que irrumpe inesperadamente en la historia, representan los extremos de la codicia y el azar.

En *El jugador*, el casino es más que un escenario; es un microcosmos que refleja la imprevisibilidad de la vida y la naturaleza autodestructiva del deseo humano. La obra explora temas como el poder del azar, la ambición desmedida y la búsqueda de sentido en un mundo que parece estar regido por fuerzas impredecibles. Con su característico análisis psicológico y su agudo retrato de la condición humana, Dostoyevski ofrece en esta novela una experiencia literaria intensa y universal que resuena con los lectores de cualquier época.

Capítulo I

Por fin he regresado tras quince días de ausencia. Hace ya tres días que nuestra gente está en Roulettenburg. Pensaba que me esperarían con impaciencia, pero estaba equivocado. El general parecía despreocupado, me habló con altanería y me envió a ver a su hermana. Era evidente que habían conseguido dinero en alguna parte. Tuve incluso la impresión de que al general le daba cierta vergüenza mirarme. Marya Filippovna, muy ocupada, apenas me dirigió la palabra, pero tomó el dinero, lo contó y escuchó mi informe sin mayor interés. Esperaban a Mezentzov, al franchute y a un inglés cuyo nombre desconozco para el almuerzo. Al estilo de Moscú, en cuanto tienen dinero, organizan comidas. Polina Aleksandrovna me preguntó por qué había tardado tanto y, sin esperar respuesta, se marchó sin decir a dónde. Por supuesto, lo hizo a propósito. Sin embargo, es necesario que aclaremos las cosas. Hay mucho que discutir.

Me asignaron una habitación exigua en el cuarto piso del hotel. Saben que formo parte del séquito del general. Todo hace pensar que se las han arreglado para darse a conocer. Aquí todos consideran al general un acaudalado magnate ruso. Antes de la comida me envió, entre otros recados, a cambiar dos billetes de mil francos. Los cambié en la caja del hotel. Ahora, durante una semana por lo menos, nos verán como millonarios. Quería sacar a Misha y Nadya de paseo, pero desde la escalera me avisaron que fuera a ver al general, quien había tenido la curiosidad de saber adónde planeaba llevarlos. No cabe duda de que este hombre no puede mirarme a los ojos; lo intenta, pero siempre le sostengo la mirada, tan directa y desafiante que termina por azorarse. Con tono altisonante y enredándose en sus palabras, me indicó que llevara a los niños al parque, más allá del Casino, pero terminó por perder los estribos y añadió mordazmente: «Porque podría ocurrir que los llevara usted al Casino, a la ruleta. Perdone —añadió—, pero sé que es usted algo frívolo y que quizá tenga inclinación por el juego. En cualquier caso, aunque no soy su mentor ni pretendo serlo, creo que tengo derecho a esperar que, por así decirlo, no comprometa mi reputación…».

— Pero si no tengo dinero —respondí con calma—. Para perderlo, primero hay que tenerlo.

— Lo tendrá enseguida —respondió el general, ruborizándose un poco. Revolvió en su escritorio, consultó un cuaderno, y resultó que me correspondían unos ciento veinte rublos.

— Al liquidar —añadió—, los rublos se convertirán en táleros. Aquí tiene cien táleros, en números redondos. Lo que falta no será olvidado.

Tomé el dinero en silencio.

— Por favor, no se ofenda por lo que le digo. Es usted tan sensible… Si me he permitido hacerle una observación, ha sido únicamente para advertirle, por así decirlo, algo a lo que, por supuesto, tengo derecho…

Al regresar con los niños antes de la comida, vi pasar una cabalgata. Nuestra gente iba a visitar unas ruinas. ¡Dos calesas soberbias y magníficos caballos! Mademoiselle

Blanche iba en una de las calesas con Marya Filippovna y Polina; el franchute, el inglés y nuestro general montaban a caballo. Los transeúntes se detenían a mirar. Todo resultaba muy vistoso, aunque, claro está, a costa del general. Calculé que con los cuatro mil francos que yo había traído y con los que ellos, por lo visto, habían conseguido reunir, tenían ahora siete u ocho mil, cantidad demasiado pequeña para Mademoiselle Blanche.

Mademoiselle Blanche, acompañada por su madre, también se hospeda en el hotel. Nuestro franchute también está por aquí. La servidumbre lo llama "monsieur le comte" y a mademoiselle Blanche "madame la comtesse". Yo bien sabía que monsieur le comte no me reconocería cuando nos encontráramos a la mesa. Al general, por supuesto, no se le ocurriría presentarnos o, por lo menos, presentarme a mí, puesto que monsieur le comte ha estado en Rusia y sabe lo poquita cosa que es lo que ellos llaman un *outchitel* [1]. Sin embargo, me conoce muy bien. Confieso que me presenté en la comida sin haber sido invitado; el general, por lo visto, se olvidó de dar instrucciones, porque de otro modo me hubiera mandado de seguro a comer a la *table d'hôte* [2]. Cuando llegué, pues, el general me miró con extrañeza. La buena de Marya Filippovna me señaló un puesto a la mesa, pero el encuentro con míster Astley salvó la situación y acabé formando parte del grupo, al menos en apariencia.

---

1 Maestro humilde.

2 Mesa del huésped.

Me encontré por primera vez con este excéntrico inglés en Prusia, en un vagón donde íbamos sentados frente a frente mientras yo intentaba alcanzar a nuestra gente. Más tarde lo volví a encontrar viajando por Francia y, por último, en Suiza, dos veces en quince días. Y ahora, de manera inesperada, me lo encontré de nuevo en Roulettenburg. En mi vida he conocido a un hombre más tímido, tímido hasta lo increíble; y él sin duda lo sabe porque no tiene un pelo de tonto. Pero es un hombre muy agradable y flemático. Entablé conversación con él cuando nos encontramos por primera vez en Prusia. Me dijo que había estado ese verano en el Cabo Norte y que tenía gran deseo de asistir a la feria de Nizhni Novgorod. No sé cómo llegó a conocer al general. Me parece que está locamente enamorado de Polina. Cuando ella entró, su rostro se encendió con todos los colores del atardecer. Se alegró cuando me senté junto a él en la mesa y, al parecer, ya me considera un amigo cercano.

En la mesa, el franchute galleaba más que de costumbre y se mostraba desenvuelto y autoritario con todos. Recuerdo que ya en Moscú solía hablar con grandilocuencia vacía. Habló por los codos de finanzas y de política rusa. De vez en cuando, el general se atrevía a objetar algo, pero lo hacía con discreción, para no perder por completo su autoridad.

Estaba de un humor extraño y, como de costumbre, antes de la mitad de la comida me hice la eterna pregunta: '¿Por qué sigo perdiendo el tiempo con este general y no lo he dejado ya?'. De vez en cuando miraba a Polina

Aleksandrovna, quien parecía no darse cuenta siquiera de mi presencia. Eso terminó por enfurecerme, y dejé de lado toda cortesía.

Todo empezó cuando, sin motivo aparente, de repente me metí en una conversación ajena. Lo que realmente quería era discutir con el franchute. De pronto, me dirigí al general y, cortándole la palabra, dije en voz alta y clara que este verano era totalmente imposible para los rusos sentarse a comer en una table d'hôte El general me miró asombrado.

— Si uno tiene amor propio —proseguí—, no puede evitar los conflictos y tiene que soportar las afrentas más groseras. En París, en el Rin, incluso en Suiza, hay tantos polacos ridículos y sus complacientes amigos franceses que un ruso no puede ni abrir la boca en la conversación. Esto lo dije en francés. El general me miró perplejo, sin saber si debía sentirse ofendido o simplemente asombrado por mi atrevimiento.

— Es evidente que alguien ya se ha encargado de darle una lección —comentó el franchute con desdén y aire de indiferencia.

— En París, por ejemplo, tuve un altercado con un polaco —respondí—, y después con un oficial francés que lo apoyó. Sin embargo, algunos franceses terminaron apoyándome cuando les conté cómo quise escupir en el café de un monsignore.

— ¿Escupir? —preguntó el general con una perplejidad arrogante, mirando a su alrededor. El franchute me observó con incredulidad.

— Así como suena —respondí—. Como pensé que tendría que hacer una breve visita a Roma por un asunto nuestro, fui a la oficina de la legación del Santo Padre en París para que me sellaran el pasaporte. Allí me atendió un clérigo pequeño, de unos cincuenta años, seco y con cara avinagrada. Me escuchó cortésmente, pero con aire agrio, y me pidió que esperara. Aunque tenía prisa, me senté, saqué "*L'Opinion Nationale*" [3] y me puse a leer un artículo lleno de insultos terribles contra Rusia. Mientras esperaba, escuché que alguien pasaba a ver al monsignore en la habitación de al lado, y vi al clérigo inclinarse respetuosamente ante él. Le repetí mi petición, pero con un tono aún más agrio me dijo que volviera a esperar. Entonces llegó un desconocido, al parecer un austriaco, quien fue atendido de inmediato y conducido arriba. Yo ya no pude contenerme: me levanté, me acerqué al clérigo y le dije con sarcasmo que, si el monsignore estaba recibiendo, bien podría atender también mi asunto. Al oír esto, el clérigo dio un paso atrás, visiblemente espantado. No podía comprender cómo un ruso insignificante, una nulidad, se atrevía a igualarse con los visitantes del monsignore. Con tono insolente y disfrutando al insultarme, me miró de pies a cabeza y exclamó: "¿Cree que el monsignore va a dejar de tomar su café por usted?" Entonces yo también grité, pero aún más fuerte: "¡Pues sepa que escupo en el café de su monsignore! ¡Si no arregla ahora mismo lo de mi pasaporte, iré a verlo personalmente!"

3 Periódico francés conocido por sus críticas hacia Rusia.

"¡Cómo! ¿Ahora que está con el cardenal?" —exclamó el clérigo, retrocediendo espantado, lanzándose hacia la puerta y extendiendo los brazos en cruz, como si quisiera dar a entender que moriría antes que dejarme pasar. Entonces le respondí que soy un hereje y un bárbaro, "*que je suis hérétique et barbare*", y que me importan un comino todos esos arzobispos, cardenales, monseñores, etc., etc. En resumen, le dejé claro que no pensaba desistir de mi propósito. El clérigo me miró con profundo desprecio, me arrebató el pasaporte de las manos y lo llevó al piso de arriba. Un minuto después estaba visado. Aquí lo tiene. ¿Quiere echarle un vistazo? —saqué el pasaporte y mostré el visado romano.

— Usted, sin embargo… —empezó a decir el general.

— Lo que le salvó a usted fue declararse bárbaro y hereje —comentó el franchute sonriendo con ironía—. "*Cela n'était pas si bête*" [4].

— ¿Es esto lo que se espera de nuestros compatriotas? Llegan aquí sin atreverse ni a abrir la boca y, por lo visto, dispuestos a negar que son rusos. A mí, al menos, en mi hotel de París empezaron a tratarme con mucho más respeto cuando les conté mi disputa con el clérigo. Un caballero polaco, gordo y mi más acérrimo adversario en la mesa, quedó relegado a un segundo plano. Incluso los franceses se moderaron cuando les conté que dos años atrás había conocido a un hombre al que un soldado francés disparó en 1812 solo para descargar su fusil. Ese

4 No estuvo tan mal.

hombre, que entonces era un niño de diez años, pertenecía a una familia que no logró escapar de Moscú.

— ¡No puede ser! —exclamó el franchute—. ¡Un soldado francés no dispararía nunca contra un niño!

— Y, sin embargo, así fue —repuse—. Esto me lo contó un respetable capitán de reserva y yo mismo vi en su mejilla la cicatriz que dejó la bala.

El francés comenzó a hablar de forma extensa y apresurada. El general intentó respaldarlo, pero le sugerí que leyera algunos fragmentos de las 'Notas del general Perovski', quien fue prisionero de los franceses en 1812. Finalmente, Marya Filippovna intervino para desviar la conversación hacia otro tema. El general estaba muy molesto conmigo, porque el francés y yo estuvimos a punto de gritar. Sin embargo, parece que a míster Astley le agradó bastante mi discusión con el francés. Se levantó de la mesa y me invitó a tomar un vaso de vino con él. Al atardecer, como era necesario, logré hablar con Polina Aleksandrovna durante quince minutos. Nuestra conversación tuvo lugar durante un paseo. Todos fuimos al parque del Casino. Polina se sentó en un banco frente a la fuente y permitió que Nadyenka jugara con otros niños cerca de allí. Yo también dejé a Misha junto a la fuente, y finalmente nos quedamos solos.

Para empezar, hablamos, por supuesto, de negocios. Polina, sin más, se enfureció cuando le entregué solo setecientos gulden. Estaba segura de que, empeñando sus brillantes, le habría traído de París al menos dos mil, si no más.

— Necesito dinero —dijo—, y tengo que conseguirlo cueste lo que cueste. De lo contrario, estoy perdida.

Empecé a preguntarle qué había sucedido durante mi ausencia.

— Nada en particular —respondió—, salvo dos noticias que llegaron de Petersburgo: primero, que la abuela estaba muy mal, y dos días después, que, al parecer, estaba agonizando. Esa noticia nos la dio Timofei Petrovich —añadió Polina—, un hombre de confianza. Estamos esperando la última noticia, la definitiva.

— ¿Así que aquí todos están a la expectativa? —pregunté.

— Por supuesto, absolutamente todos; llevamos medio año esperando solo esto.

— ¿Usted también? —inquirí.

— ¡Pero si yo no tengo ningún parentesco con ella! Soy solamente la hijastra del general. Sin embargo, estoy segura de que me recordará en su testamento.

— Tengo la impresión de que heredará mucho —dije con énfasis.

— Sí, me tenía afecto. Pero, ¿por qué tiene usted esa impresión?

— Dígame —respondí con otra pregunta—, ¿no está nuestro marqués al tanto de todos los secretos de la familia?

— ¿Y a usted qué le importa? —preguntó Polina, mirándome con frialdad y severidad.

— ¡Vaya, porque si no me equivoco, el general ya consiguió que le preste dinero!

— Sus sospechas están bien fundadas.

— ¡Claro! ¿Cree que le daría dinero si no supiera lo de la abuela? ¿Notó usted en la mesa cómo mencionó a la abuela tres veces y la llamó "la abuelita", la *baboulinka*? ¡Qué cercanas y amistosas parecen esas relaciones!

— Sí, tiene usted razón. Tan pronto como sepa que en el testamento se me deja algo, pedirá mi mano. ¿No es eso lo que quería saber?

— ¿Solo que pedirá su mano? Yo pensaba que ya la había pedido hace tiempo.

— ¡Usted sabe perfectamente que no! —dijo Polina, irritada—. ¿Dónde conoció usted a ese inglés? —añadió tras un minuto de silencio.

— Ya sabía yo que me preguntaría por él.

Le relaté mis encuentros anteriores con míster Astley durante el viaje: "Es un hombre tímido y enamoradizo y, por supuesto, ya está enamorado de usted".

— Sí, está enamorado de mí —respondió Polina.

— Y, claro, es diez veces más rico que el francés. ¿Pero es que el francés tiene de veras algo? ¿No es eso motivo de duda?

— No, no lo es. Tiene un château o algo por el estilo. Ayer mismo me habló el general de ello, y muy seguro, además. Bueno, ¿qué? ¿Está usted satisfecho?

— Yo, si fuera usted, me casaría sin dudarlo con el inglés.

— ¿Por qué? —preguntó Polina.

— El francés es más apuesto, pero es un granuja, y el inglés, además de ser honrado, es diez veces más rico —dije con brusquedad.

— Sí, pero el francés es marqués y más listo —respondió ella con la mayor tranquilidad.

— ¿De veras?
— Como lo oye.
A Polina le desagradaban mucho mis preguntas, y me di cuenta de que quería enfurecerme con el tono y la crudeza de sus respuestas. Se lo dije de inmediato.
— De veras que me divierte verle tan rabioso. Tiene que pagarme, de algún modo, el que le permita hacer preguntas y conjeturas como esas.
— Es que yo, en efecto, me considero con derecho a hacerle toda clase de preguntas —respondí con calma—, precisamente porque estoy dispuesto a pagar por ellas lo que se pida, y porque creo que mi vida ahora no vale nada.
Polina rompió a reír.
— La última vez, en el Schlangenberg, usted dijo que, a la primera palabra mía, estaría dispuesto a lanzarse de cabeza desde allí, desde una altura, según parece, de mil pies. Algún día pronunciaré esa palabra, aunque solo sea para ver cómo cumple usted lo que promete, y puede estar seguro de que no tendré piedad. Me es odioso usted, precisamente porque le he permitido tantas cosas, y más odioso aún porque le necesito. Pero mientras lo necesite, tendré que mantenerlo bajo control.
Se dispuso a levantarse. Hablaba con irritación. Últimamente, cada vez que hablaba conmigo, terminaba el coloquio con enojo, casi con verdadera furia.
— Permítame preguntarle: ¿qué clase de persona es Mademoiselle Blanche? —dije, deseando que no se fuera sin darme una explicación.

— Usted ya sabe perfectamente qué clase de persona es Mademoiselle Blanche. No hay nada que añadir a lo que se sabe desde hace tiempo. Mademoiselle Blanche será probablemente la esposa del general, es decir, si se confirman los rumores sobre la muerte de la abuela, porque Mademoiselle Blanche, igual que su madre y su primo, el marqués, saben perfectamente que estamos arruinados.

— ¿Y el general está perdidamente enamorado?

— Eso ahora no importa. Escuche y recuerde lo que le digo: tome estos setecientos florines y vaya a jugar; gane por mí cuanto pueda en la ruleta. Necesito dinero ahora, de la forma que sea.

Dicho esto, llamó a Nadyenka y se dirigió al Casino, donde se reunió con el resto de nuestro grupo. Yo, pensativo y perplejo, tomé la primera vereda que vi a la izquierda. La orden de jugar a la ruleta me cayó como un mazazo en la cabeza. Cosa rara, tenía bastantes preocupaciones, y sin embargo, aquí estaba, analizando mis sentimientos hacia Polina. Era cierto que me había sentido mejor durante esos quince días de ausencia que ahora, el día de mi regreso. Aunque, todavía en el camino, me comportaba como un loco, como si alguien me estuviera azuzando con un látigo, y a veces incluso la veía en sueños. Una vez (esto pasó en Suiza), me quedé dormido en el vagón y, por lo visto, empecé a hablar en voz alta con Polina, dando mucho que reír a mis compañeros de viaje. Y ahora, una vez más, me hice la pregunta: ¿la quiero? Y, una vez más, no supe qué contestar. O mejor dicho, una vez más, por centésima vez, me respondí que la odiaba. Sí, me era odiosa. Había momentos (precisamente cada vez que terminábamos una conversación) en los que hubiera dado media vida por estrangularla. Juro que, si hubiera sido posible hundir un cuchillo afilado en su pecho, creo que lo habría hecho con gusto. Y, no obstante, juro por lo más sagrado que si en el Schlangenberg, en esa cumbre tan de moda, me hubiera dicho realmente: «¡Tírese!», me habría lanzado al instante, e incluso con alegría. Lo sabía. De una forma u otra, aquello tenía que resolverse. Ella, por su parte, lo comprendía perfectamente, y estaba seguro de que el simple hecho de saber que yo entendía con toda claridad su inaccesibilidad para mí, que comprendía lo imposible que era convertir mis fantasías en realidad, le producía un deleite extraordinario. De otro modo, ¿cómo podía permitirse, siendo tan discreta e inteligente, esas confidencias e intimidades conmigo? Me daba la impresión de que hasta entonces me había visto como aquella emperatriz de la antigüedad que se desnudaba ante uno de sus esclavos, considerando que no era un hombre. Sí, muchas veces me trataba como si no lo fuera…

Pero, en fin, había recibido su encargo: ganar en la ruleta de cualquier manera. No tenía tiempo para pensar con qué propósito ni con cuánta rapidez necesitaba ganar, ni qué nuevas combinaciones se gestaban en esa mente siempre dedicada al cálculo. Además, en los últimos quince días habían surgido factores nuevos que aún desconocía. Tenía que averiguarlo todo y cuanto antes mejor. Sin embargo, en ese momento no había tiempo para nada. Tenía que ir a la ruleta.

Capítulo 2

Confieso que aquel encargo me resultaba desagradable, porque aunque había decidido jugar, no había previsto que tendría que empezar haciéndolo por cuenta ajena. Esto incluso me irritó un poco, y entré en las salas de juego con un ánimo muy desabrido. Lo que vi a primera vista tampoco me agradó. No soporto el servilismo que muestran las crónicas de todo el mundo, y especialmente las de nuestros periódicos rusos, que cada primavera insisten en hablar de dos cosas: primero, del supuesto esplendor y lujo extraordinario de las salas de juego en las «ciudades de la ruleta» del Rin; y, segundo, de los montones de oro que, según dicen, se ven en las mesas. Porque al final, nadie les paga por escribir eso; simplemente lo hacen por puro servilismo. No hay ningún esplendor en estas salas cochambrosas, y en cuanto al oro, no solo no hay montones de él en las mesas, sino que apenas se ve. Es cierto que, ocasionalmente, durante la temporada aparece algún tipo extraño, un inglés o un asiático, incluso un turco, como sucedió este verano, que pierde o gana sumas considerables. Sin embargo, el resto sigue jugándose unos míseros *gulden*, y la cantidad que aparece en las mesas suele ser bastante modesta. Cuando entré por primera vez en mi vida en la sala de juego, me quedé un rato sin atreverme a probar suerte. Además, la multitud era sofocante. Sin embargo, creo que, incluso si hubiera estado solo, probablemente también habría decidido marcharme sin jugar. Confieso que el corazón me latía con fuerza y que no estaba del todo seguro de mí mismo; probablemente sabía, y lo había decidido tiempo atrás, que no saldría de Roulettenburg como había llegado; que algo radical y definitivo iba a ocurrir en mi vida. Así tenía que ser, y así sería. Por ridícula que pueda parecer mi gran confianza en los beneficios de la ruleta, aún más ridícula es la opinión común de que esperar algo del juego es absurdo y estúpido. ¿Y por qué habría de ser el juego peor que cualquier otro medio de ganar dinero, como, por ejemplo, el comercio? Una cosa es cierta: de cada cien jugadores, solo gana uno. Pero, ¿y eso a mí qué me importa?

En todo caso, decidí desde el primer momento observar todo con atención y no intentar nada serio en esa ocasión. Si algo tenía que ocurrir esa noche, sería de improviso y sin demasiada importancia. Con ese pensamiento, me dispuse a apostar. Además, necesitaba aprender el juego en sí, ya que, a pesar de las mil descripciones de la ruleta que había leído con tanto interés, la verdad es que no sabría nada de su funcionamiento hasta que no lo viera con mis propios ojos.

Para empezar, todo me pareció muy sucio, algo así como moralmente sucio e indecente. No me refiero, ni mucho menos, a esas caras ávidas e intranquilas que se agolpan en decenas, hasta en centenares, alrededor de las mesas de juego. Francamente, no encuentro nada de indecente en el deseo de ganar lo más posible y cuanto antes. Siempre me ha parecido necia la opinión de un moralista acaudalado y bien alimentado que, al oír a alguien justificarse diciendo que «al fin y al cabo estaba apostando cantidades pequeñas», respondió: «Tanto peor, pues el afán de lucro también será mezquino». ¡Como si ese afán no fuera el mismo tanto si se gana poco como si se gana mucho! Es solo cuestión de proporción. Lo que para Rothschild es poco, para mí es una fortuna; y si hablamos de ingresos o ganancias, no es solo en la ruleta, sino en cualquier transacción, donde uno le saca al otro lo que puede. Que las ganancias y las pérdidas sean algo repulsivo en general es otra cuestión que no resolveré aquí. Dado que yo mismo sentía agudamente el afán de lucro, toda esa codicia y esa porquería codiciosa me resultaban, al entrar en la sala, convenientes y, por así decirlo, familiares. Nada más agradable que poder prescindir de cumplidos en el trato con los demás y comportarse abiertamente, sin disimulos. ¿De qué sirve engañarse a sí mismo? ¡Qué tarea tan trivial y poco provechosa! Lo que me resultó especialmente repulsivo, al principio, en toda esa chusma de la ruleta, fue el respeto con el que observaba lo que ocurría, la seriedad, mejor dicho, la deferencia con que se agolpaban alrededor de las mesas. Por eso, en estas situaciones se hace siempre una marcada distinción entre los juegos considerados de "*mauvais genre*" [5] y aquellos permitidos a las personas decentes. Hay dos tipos de juego: uno para caballeros y otro plebeyo, mercenario, propio de la chusma. Aquí, la distinción se respeta rigurosamente; y ¡qué vil es, en realidad, esa distinción! Un caballero, por ejemplo,

5 De mal gusto.

puede hacer una apuesta de cinco o diez *louis*, rara vez más; o incluso de hasta mil francos, si es muy rico, pero siempre solo por jugar, solo por divertirse, únicamente para observar el proceso de la ganancia o la pérdida. De ningún modo puede mostrar interés por la ganancia en sí. Si gana, puede, por ejemplo, soltar una carcajada, hacer un comentario a alguno de los presentes, incluso volver a apostar o doblar su apuesta, pero solo por curiosidad, para estudiar y calcular las probabilidades, nunca por el deseo plebeyo de ganar. En resumen, debe considerar todas estas mesas de juego, ruletas y *trente et quarante*, [6] como un entretenimiento diseñado exclusivamente para su satisfacción. Los vaivenes de la suerte, en los que se apoya y justifica la banca, no deben ni siquiera ser sospechados. Sería ideal que un caballero, por ejemplo, imaginara que todos los demás jugadores, toda esa chusma que tiembla ante un *gulden*, son en realidad tan ricos y caballerosos como él y que, al igual que él, juegan solo para divertirse y pasar el tiempo. Este desconocimiento completo de la realidad, esta ingenua visión de las personas, son, por supuesto, características de la más refinada aristocracia. Vi a muchas madres empujar a sus hijas, jóvenes inocentes y elegantes de quince o dieciséis años, hacia las mesas, dándoles unas monedas de oro para enseñarles a jugar. La señorita ganaba o perdía con una sonrisa y se marchaba completamente satisfecha.

6 Juego de cartas francés similar al Blackjack pero con reglas distintas.

Nuestro general se acercó a la mesa con aire grave e imponente. Un lacayo corrió a ofrecerle una silla, pero él ni siquiera lo vio. Con mucha lentitud sacó el portamonedas, extrajo de él trescientos francos en oro y los apuntó al negro. Ganó. No recogió lo ganado y lo dejó en la mesa. Salió el negro otra vez y tampoco recogió su ganancia. Pero cuando en la tercera ronda salió el rojo, perdió de un golpe mil doscientos francos. Se retiró sonriendo, sin perder la dignidad. Yo estaba seguro de que, por dentro, estaba consumido de rabia y que, si la apuesta hubiera sido dos o tres veces mayor, habría perdido la serenidad y mostrado su turbación. Por otro lado, un francés, en mi presencia, ganó y perdió hasta treinta mil francos con total alegría y tranquilidad. El caballero auténtico, incluso si pierde todo lo que tiene, no debe alterarse. El dinero está tan por debajo de la dignidad de un caballero que casi no merece ni pensarse. Sería, desde luego, muy aristocrático no reparar en la vulgaridad de esa chusma y en lo sórdido de aquel espectáculo. Sin embargo, a veces no es menos aristocrático y refinado percatarse de ello, es decir, observar cuidadosamente, escudriñar con actitud impertinente, si se quiere, a toda esa chusma; pero solo viéndola como un espectáculo, como una forma especial de pasatiempo diseñada para divertir a los caballeros. Uno puede abrirse paso entre la multitud y mirar alrededor, pero siempre con la convicción de que, en esencia, uno es solo un observador y de ningún modo parte del grupo. Por otro lado, tampoco se debe observar con demasiada atención, ya que sería impropio de un caballero, porque, al fin y al cabo, ese espectáculo no merece una observación prolongada ni cuidadosa; y todos sabemos que pocos espectáculos son realmente dignos de la atención de un caballero. Sin embargo, a mí me parecía que todo aquello merecía la atención más diligente, especialmente porque yo no venía aquí solo a observar, sino a formar parte, sincera y conscientemente, de esa chusma. En cuanto a mis convicciones morales más íntimas, está claro que no encuentran lugar en este razonamiento. En fin, ¡qué le vamos a hacer! Hablo solo para desahogar mi conciencia. Pero hay algo que sí quiero señalar: últimamente, no sé por qué, me ha resultado profundamente repulsivo ajustar mi conducta y pensamientos a cualquier tipo de patrón moral. Era otro patrón el que me guiaba…

Es cierto que la chusma juega muy sucio. Estoy casi seguro de que, en las mismas mesas de juego, hay casos de los más vulgares robos. Para los *croupiers*, sentados en los extremos de la mesa, observar y gestionar las apuestas es un trabajo muy pesado. ¡Y ellos también son parte de esa chusma! Franceses, en su mayoría. Por otro lado, yo observaba y estudiaba, no para describir la ruleta, sino para «familiarizarme con el juego», para saber cómo conducirme en el futuro. Noté, por ejemplo, que nada es más común que ver salir de detrás de la mesa una mano que se apropia de lo que uno ha ganado. Entonces estalla un altercado, a menudo acompañado de gritos, ¡y vaya usted a encontrar testigos para probar que la apuesta era suya!

Al principio todo me parecía un galimatías sin sentido. Solo logré adivinar y distinguir, no sé cómo, que las apuestas se hacían al número, a pares o nones, y al color. Decidí arriesgar esa noche cien *gulden* del dinero de Polina Aleksandrovna. La idea de jugar con dinero que no era mío me tenía algo fuera de quicio. Era una sensación sumamente desagradable y quería quitármela de encima cuanto antes. Me parecía que empezar con el dinero de Polina echaba por tierra mi propia suerte. ¿No es cierto que es imposible acercarse a una mesa de juego sin sentirse inmediatamente contagiado por la superstición? Empecé apostando cinco *federicos* [7] de oro, es decir, cincuenta *gulden*, a los pares. Giró la rueda, salió el quince y perdí. Con una sensación de ahogo, solo para liberarme de algún modo y marcharme, aposté otros cinco federicos al rojo. Salió el rojo. Aposté los diez federicos y salió de nuevo el rojo. Lo aposté todo al rojo, y volvió a salir el rojo. Cuando recibí cuarenta federicos, puse veinte en los doce números medios sin tener idea de lo que podría pasar. Me pagaron el triple. Así que mis diez federicos de oro se convirtieron de repente en ochenta. La extraña e inesperada sensación que esto me produjo fue tan insoportable que decidí irme. Me parecía que de ningún modo jugaría así si estuviera jugando con mi propio dinero. Sin embargo, aposté los ochenta federicos una vez más a los pares. Esta vez salió el cuatro; me entregaron otros ochenta federicos,

---

7 Moneda de oro emitida en Europa en el siglo XVIII y XIX, especialmente en los territorios alemanes y el Sacro Imperio Romano Germánico. Su nombre proviene de Federico II de Prusia y era utilizada como unidad de alto valor en transacciones significativas.

y, cogiendo el montón de ciento sesenta federicos de oro, salí a buscar a Polina Aleksandrovna.

Todos se habían ido de paseo al parque, y no conseguí verla hasta después de la cena. En esta ocasión, no estaba presente el francés, y el general aprovechó para despacharse a gusto: entre otras cosas, creyó necesario advertirme una vez más que no le agradaría verme junto a una mesa de juego. Pensaba que lo pondría en un gran compromiso si perdía demasiado; «pero aunque ganara usted mucho, también me pondría en un compromiso —añadió con intención—. Por supuesto que no tengo derecho a dirigir sus actos, pero usted mismo estará de acuerdo en que...». Como de costumbre, dejó la frase a medias. Respondí secamente que tenía muy poco dinero y que, por lo tanto, no podría perder cantidades demasiado llamativas aun si llegara a jugar. Cuando subía a mi habitación, logré entregarle a Polina sus ganancias y le anuncié que no volvería a jugar por cuenta de ella.

— ¿Y eso por qué? —preguntó alarmada.

— Porque quiero jugar con mi propio dinero —respondí mirándola sorprendido—, y esto me lo impide.

— ¿Así que sigue convencido de que la ruleta es su única vía de salvación? —preguntó irónicamente.

Respondí con total seriedad que sí. En cuanto a mi convencimiento de que ganaría sin duda alguna... bueno, tal vez fuera absurdo, de acuerdo, pero que me dejaran en paz.

Polina Aleksandrovna insistió en que fuéramos a medias con las ganancias de esa noche y me ofreció ochenta federicos de oro, proponiendo que en el futuro continuáramos el juego sobre esa base. Rechacé la oferta rotundamente y declaré que no podía jugar con el dinero de otros, no porque no quisiera, sino porque probablemente perdería.

— Y, sin embargo, yo también, por estúpido que parezca, cifro mis esperanzas casi exclusivamente en la ruleta —dijo pensativa—. Por lo tanto, tiene que seguir jugando conmigo a medias, y, por supuesto, lo hará. Con eso se apartó de mí, sin escuchar mis objeciones.

Capítulo 3

Polina, sin embargo, no mencionó nada acerca del juego en todo el día de ayer. Más aún, evitó hablar conmigo en general. Su manera habitual de tratarme no cambió: esa completa indiferencia en su actitud cuando nos encontramos, siempre con un matiz de odio y desprecio. Por lo general, no se molesta en ocultar su aversión hacia mí; lo noto claramente. Sin embargo, tampoco oculta que me considera necesario y que me tiene reservado para algo. Entre nosotros han surgido unas relaciones bastante extrañas, en gran parte incomprensibles para mí, especialmente considerando el orgullo y la arrogancia con los que se comporta con todos. Por ejemplo, sabe perfectamente que la amo con locura y me permite hablarle de mi pasión. Aunque, por supuesto, nada expresa mejor su desprecio que esa libertad que me concede para hablar de mi amor sin restricciones: «Es como si dijera que tiene tan poco en cuenta mis sentimientos que le resulta absolutamente indiferente escucharme hablar de ellos, sean cuales sean». De sus propios asuntos me hablaba mucho antes, pero nunca con completa franqueza. Además, en su desdén hacia mí hay un refinamiento particular: sabe, por ejemplo, que estoy al tanto de ciertas circunstancias de su vida o de algo que la inquieta profundamente. Incluso ella misma me cuenta algunas cosas de sus asuntos, pero solo si necesita utilizarme para algún propósito específico, como si yo fuera su esclavo o su recadero. Sin embargo, solo me dice lo necesario para cumplir la tarea que me asigna, dejando el conjunto de los acontecimientos completamente oculto para mí. Aunque Polina sabe que sufro y me preocupo por sus propios sufrimientos e inquietudes, nunca se digna tranquilizarme con una franqueza amistosa. Y eso, a pesar de que, confiándome a menudo encargos no solamente incómodos, sino incluso arriesgados, debería, en mi opinión, ser honesta conmigo. ¿Pero por qué habría de preocuparse por mis sentimientos? ¿Por qué le importaría que yo también esté inquieto, o que quizás sus desgracias e inquietudes me afecten y torturen tres veces más de lo que la afectan a ella misma?

Desde hacía unas tres semanas sabía de su intención de jugar a la ruleta. Incluso me había dicho que tendría que jugar por cuenta suya, porque sería indecoroso que lo hiciera ella misma. Por el tono de sus palabras, deduje rápidamente que actuaba impulsada por una preocupación seria, y no simplemente por el deseo de ganar dinero. ¿Qué significaba para ella el dinero en sí? Había algún propósito, alguna circunstancia que tal vez pudiera adivinar, pero que hasta ahora desconozco. Por supuesto, la humillación y la esclavitud en las que me tiene podrían darme (y a menudo me dan) la posibilidad de hacerle preguntas duras y groseras. Dado que no soy para ella más que un esclavo, un ser insignificante, no tiene motivo para ofenderse por mi ruda curiosidad. Sin embargo, aunque me permite hacerle preguntas, no las contesta. A veces ni siquiera parece darse cuenta de ellas.

¡Así son las cosas entre nosotros!

Ayer se habló mucho sobre el telegrama enviado hace cuatro días a Petersburgo, que aún no ha tenido respuesta. El general, por lo visto, está pensativo e inquieto. Se trata, como es evidente, de la abuela. También el francés está agitado. Sin ir más lejos, ayer estuvieron conversando largo rato después de la comida. El tono del francés con todos nosotros es extremadamente altivo y desenvuelto. Aquí se cumple el refrán: «les das la mano y se toman el brazo». Incluso con Polina se comporta de forma descarada y hasta grosera; pero, por otro lado, participa con entusiasmo en los paseos por el parque y en las cabalgatas y excursiones al campo. Desde hace tiempo conozco algunas de las circunstancias que unen al francés y al general. En Rusia proyectaron abrir juntos una fábrica, aunque no sé si el proyecto se malogró o si sigue en pie. Además, por casualidad, conozco parte de un secreto familiar: el francés, efectivamente, ayudó al general el año pasado prestándole treinta mil rublos para cubrir un déficit en los fondos públicos antes de que presentara su dimisión. Por supuesto, el general está en sus manos; pero ahora, justo ahora, quien desempeña el papel principal en este asunto es Mademoiselle Blanche, y estoy seguro de ello.

¿Quién es Mademoiselle Blanche? Aquí, entre nosotros, se dice que es una francesa de noble cuna y fortuna colosal, acompañada por su madre. También se sabe que tiene un parentesco lejano con nuestro marqués: prima segunda, o algo por el estilo. Antes de mi viaje a París, el francés y Mademoiselle Blanche se trataban con mucha más ceremonia, como si quisieran dar ejemplo de delicadeza. Ahora, sin embargo, su relación, su amistad y su parentesco parecen menos formales y mucho más íntimos. Quizás consideran que nuestros asuntos están tan mal que ya no es necesario guardar las apariencias. Noté anteayer cómo míster Astley observaba a Mademoiselle Blanche y a su madre. Me dio la impresión de que ya las conocía. También me pareció que nuestro francés había tropezado antes con míster Astley; pero este último es tan reservado, tímido y taciturno que es casi seguro que no aireará los trapos sucios de nadie en público. Por ahora, el francés apenas lo saluda y casi no lo mira, lo que indica, por lo tanto, que no le teme. Esto es comprensible. ¿Pero por qué Mademoiselle Blanche tampoco lo mira? Más extraño aún, anoche el marqués reveló un secreto: de repente, y no recuerdo con qué motivo, mencionó en una conversación general que míster Astley es colosalmente rico y que lo sabe de buena fuente. ¡Qué ocasión para que Mademoiselle Blanche mirara a míster Astley! De todos modos, el general estaba intranquilo. Bien se comprende lo que puede significar para él el telegrama con la noticia de la muerte de su tía.

Aunque estaba casi seguro de que Polina evitaría, a propósito, conversar conmigo, yo también me mostré frío e indiferente, pensando que al final sería ella quien se acercaría a mí. Ayer y hoy he centrado principalmente mi atención en Mademoiselle Blanche. ¡Pobre general, está completamente perdido! Enamorarse a los cincuenta y cinco años, y con tanta pasión, es, sin duda, una desgracia.

Agréguese a eso su viudez, sus hijos, la ruina casi total de su hacienda, sus deudas y, para colmo, la mujer de quien le ha tocado enamorarse. Mademoiselle Blanche es hermosa, pero no sé si se entenderá lo que quiero decir cuando afirmo que tiene un semblante que da miedo. Al menos yo le temo a este tipo de mujeres. Tendrá unos veinticinco años. Es alta y tiene hombros anchos, con líneas rectas. Su cuello y su pecho son espléndidos. Tiene la piel trigueña, el cabello negro como el azabache, tan abundante que bastaría para dos *coiffures*[8]. El blanco de sus ojos tiende a amarillo, su mirada es insolente, sus dientes son deslumbrantemente blancos, y sus labios siempre están pintados. Huele a almizcle. Viste con ostentación, con ropa cara, con *chic*, pero con un gusto exquisito. Sus manos y pies son una maravilla. Tiene una voz de contralto algo ronca. A veces ríe a carcajadas, mostrando todos los dientes, pero por lo general su expresión es taciturna y descarada, al menos en presencia de Polina y Marya Filippovna. Se rumorea algo extraño: Marya Filippovna regresa a Rusia. Sospecho que Mademoiselle Blanche carece de educación; tal vez ni siquiera sea inteligente.
Pero, por otro lado, es suspicaz y astuta. Me parece que su vida no ha estado exenta de aventuras. Para ser franco, quizá el marqués no sea su pariente, y la madre no sea más que madre de nombre. Sin embargo, hay pruebas de que en Berlín, adonde fuimos con ellos, ella y su madre tenían amistades bastante respetables. En cuanto al marqués,

8 Peinados.

aunque sigo dudando de que sea realmente marqués, es evidente que pertenece a la buena sociedad, tal como se entiende, por ejemplo, en Moscú o en Alemania. No sé qué será en Francia; se dice que tiene un *château*. En estos quince días han sucedido muchas cosas, pero todavía no sé con certeza si entre Mademoiselle Blanche y el general se ha acordado algo definitivo. En resumen, todo depende ahora de nuestra situación económica, es decir, de si el general puede mostrarles suficiente dinero. Si, por ejemplo, llegara la noticia de que la abuela sigue viva, estoy seguro de que Mademoiselle Blanche desaparecería al instante. Me sorprende y divierte lo chismoso que me he vuelto. ¡Oh, cuánto me repugna todo esto! ¡Con qué gusto mandaría todo y a todos al diablo! Pero, ¿puedo apartarme de Polina? ¿Puedo renunciar a seguir investigando en torno a ella? El espionaje es, sin duda, una bajeza, pero ¿qué más da?

También he encontrado interesante a míster Astley ayer y hoy. Estoy seguro de que está enamorado de Polina. Es curioso y divertido lo que puede expresar la mirada tímida y exageradamente casta de un hombre enamorado, sobre todo cuando ese hombre preferiría que se lo tragara la tierra antes que decir o insinuar algo con palabras o con la mirada. Míster Astley suele cruzarse con nosotros en los paseos. Se quita el sombrero y sigue de largo, sin duda devorado por el deseo de unirse a nuestro grupo. Si lo invitan, rechaza al instante. En los lugares de descanso, en el Casino, junto al quiosco de música o la fuente, siempre se instala no muy lejos de donde estamos.

Y dondequiera que estemos—en el parque, en el bosque o en lo alto del Schlangenberg—basta con levantar los ojos y mirar alrededor para verlo, indefectiblemente, en algún rincón cercano o escondido tras un arbusto. Sospecho que busca una oportunidad para hablar conmigo a solas. Esta mañana nos encontramos y cruzamos un par de palabras. A veces habla de forma muy inconexa. Sin siquiera darme los «buenos días», me dijo:

— ¡Ah, Mademoiselle Blanche! ¡He visto a muchas mujeres como Mademoiselle Blanche!

Guardó silencio, mirándome con intención. No sé qué quiso decir con eso, porque cuando le pregunté: «¿Y eso qué significa?», sonrió astutamente, sacudió la cabeza y añadió: «En fin, así es la vida. ¿Le gustan mucho las flores a mademoiselle Polina?»

— No lo sé; no tengo idea.

— ¿Cómo? ¿Que no lo sabe? —exclamó, completamente asombrado.

— No lo sé. No me he fijado —repetí, riendo.

— Hmm… Eso me da que pensar —dijo, inclinando la cabeza y siguiendo su camino. Pero tenía un aspecto satisfecho. Estuvimos hablando en un francés verdaderamente abominable.

Capítulo 4

Hoy ha sido un día ridículo, desagradable y absurdo. Son ahora las once de la noche. Estoy sentado en mi pequeño cuarto haciendo un inventario de lo ocurrido. La mañana comenzó con que tuve que jugar a la ruleta por cuenta de Polina Aleksandrovna. Tomé sus ciento sesenta federicos de oro, pero bajo dos condiciones: la primera, que no jugaría a medias con ella, es decir, que si ganaba no aceptaría nada; y la segunda, que esa misma noche Polina me explicaría por qué era tan urgente para ella ganar y cuánto dinero exactamente necesitaba. En cualquier caso, no puedo creer que lo haga solo por dinero. Es evidente que lo necesita, y con urgencia, para algún propósito especial. Prometió explicármelo, y me dirigí al Casino. En las salas de juego, la muchedumbre era abrumadora. ¡Qué insolentes y codiciosos eran todos! Me abrí paso hasta el centro y me coloqué junto al *croupier*; luego empecé, con cautela, a «probar el juego» con apuestas de dos o tres monedas. Mientras tanto, observaba y tomaba notas mentales de lo que veía. Me pareció que la tan mentada «combinación» no tiene ni de lejos la importancia que algunos jugadores le atribuyen. Se sientan con papeles llenos de garabatos, apuntan los aciertos, hacen cálculos, deducen probabilidades, realizan sus apuestas y… pierden igual que nosotros, los simples mortales, que jugamos al azar. Sin embargo, saqué una conclusión que me parece cierta: aunque no existe un sistema en sí, sí parece haber una especie de pauta en las probabilidades, lo que, desde luego, resulta muy extraño. Por ejemplo, después de los doce números medios, suelen salir los doce últimos; la bola cae dos veces en estos doce últimos y luego en los doce primeros. Una vez que cae en los doce primeros, vuelve a los doce medios, cae en ellos tres o cuatro veces seguidas y pasa nuevamente a los doce últimos; y de ahí, tras dos caídas, regresa a los doce primeros, cae una vez y vuelve a los doce medios durante tres veces consecutivas. Y así sigue durante una o dos horas. Uno, tres, dos; uno, tres, dos. Es muy curioso. Otro día, o quizás en otra mañana, puede suceder que el rojo y el negro se alternen consecutivamente sin ningún patrón definido, hasta el punto de que no se produzcan más de dos o tres golpes seguidos en uno u otro color. Ocurre también que, en otra noche, no salga más que rojo, llegando incluso a aparecer más de veintidós veces seguidas, y así continúa infaliblemente durante todo el día. Míster Astley, que pasó toda la mañana junto a las mesas de juego sin hacer una sola apuesta, me explicó mucho de esto. En cuanto a mí, perdí hasta el último kopek… y muy rápido. Para empezar, puse veinte federicos de oro a los pares y gané. Luego aposté cinco y volví a ganar, y así dos o tres veces más. Llegué a tener unos cuatrocientos federicos de oro en solamente cinco minutos. Debí haberme retirado en ese momento, pero en mí surgió una sensación extraña: un desafío a la suerte, una especie de necesidad de burlarme de ella. Aposté la cantidad máxima permitida, cuatro mil *gulden*, y perdí. Luego, enardecido, aposté todo lo que me quedaba al mismo número, y volví a perder. Me alejé de la mesa como aturdido, sin siquiera entender lo que había pasado. No expliqué mis pérdidas a Polina Aleksandrovna hasta poco antes de la comida. Mientras tanto, vagué sin rumbo por el parque.

Durante la comida estuve tan animado como lo había estado tres días antes. El francés y Mademoiselle Blanche volvieron a comer con nosotros. Por lo visto, Mademoiselle Blanche había estado esa mañana en el Casino y había presenciado mis hazañas. Esta vez habló conmigo con más atención de la habitual. El francés fue directamente al grano y me preguntó sin rodeos si el dinero que había perdido era mío. Me dio la impresión de que sospechaba de Polina. En resumen, había algo oculto ahí. Respondí de inmediato con una mentira, diciendo que el dinero era mío.

El general quedó muy sorprendido. ¿De dónde había sacado yo tanto dinero? Expliqué que había comenzado con diez federicos de oro, y que seis o siete aciertos seguidos, doblando las apuestas, me habían dado entre cinco y seis mil *gulden*; y que luego lo había perdido todo en dos apuestas.

Todo esto, por supuesto, era verosímil. Mientras lo explicaba, miraba a Polina, pero no logré leer nada en su rostro. Sin embargo, me dejó mentir y no me corrigió; de ahí deduje que debía mentir y encubrir el hecho de haber jugado por cuenta suya. En cualquier caso, pensé, está obligada a darme una explicación, y poco antes había prometido revelarme algo.

Yo creía que el general me haría algún comentario, pero guardó silencio. No obstante, noté en su rostro que estaba agitado e inquieto. Quizás, dados sus apuros económicos, le resultaba doloroso escuchar cómo alguien tan frívolo como yo había ganado y perdido en un cuarto de hora una cantidad tan considerable de dinero.

Sospecho que anoche tuvo una acalorada discusión con el francés, porque estuvieron hablando largo y tendido a puerta cerrada. El francés, al parecer, se fue irritado, y esta misma mañana regresó a hablar con el general, probablemente para continuar la conversación.

Cuando el francés oyó hablar de mis pérdidas, me comentó con mordacidad, incluso con cierta malicia, que debía ser más prudente. No sé por qué añadió que, aunque los rusos juegan mucho, ni siquiera saben jugar bien.

— En mi opinión, la ruleta se inventó precisamente para los rusos —observé yo. El francés sonrió con desdén al oír mi comentario, pero continué:

— Tengo razón. Cuando hablo de los rusos como jugadores, lo hago más como una crítica que como un elogio, así que puede creerme.

— ¿Y en qué basa usted su opinión? —preguntó el francés.

— En que, en el catecismo de las virtudes y méritos del hombre civilizado de Occidente, figura primordialmente la capacidad de adquirir capital. Ahora bien, el ruso no solo es incapaz de adquirir capital, sino que lo derrocha sin sentido, de forma indecorosa. Pero eso no significa que el dinero no nos sea necesario —añadí— por lo tanto, nos atraen métodos como la ruleta, que permiten enriquecerse de repente, en dos horas y sin esfuerzo. Esto es una gran tentación para nosotros, y como jugamos sin sentido y sin esfuerzo, terminamos perdiendo.

— Eso es hasta cierto punto verdad —dijo el francés con suficiencia.

— No, eso no es verdad, y debería darle vergüenza hablar así de su patria —intervino el general en tono severo y molesto.

— Perdón —le respondí—, pero todavía no sabemos qué es más repugnante: la perversión rusa o el método alemán de acumular dinero mediante el trabajo honrado.

— ¡Qué idea tan indecorosa! —exclamó el general.

— ¡Qué idea tan rusa! —exclamó el francés.

Me reí. Tenía unas ganas locas de provocarlos.

— Prefiero vivir en tiendas de lona como un kirguiz antes que inclinarme ante el ídolo alemán.

— ¿Qué ídolo? —gritó el general, ya realmente enfadado.

— El método alemán de acumular riqueza. No llevo mucho tiempo aquí, pero lo que he observado y comprobado hasta ahora subleva mi sangre tártara. ¡Juro por lo más sagrado que no quiero tales virtudes! Ayer hice un recorrido de unas diez *verstas* [9]. Pues bien, todo coincide exactamente con lo que dicen esos librillos moralizantes alemanes ilustrados. Aquí, en cada casa, hay un *Vater*[10], terriblemente virtuoso y extremadamente honrado.

9 Una unidad de longitud rusa obsoleta equivalente a 1066,8 metros.

10 Padre de familia.

Tan honrado que da miedo acercarse a él. No soporto a las personas tan honradas que provocan miedo. Cada uno de esos *Vater* tiene su familia, y por las noches todos leen en voz alta libros de sana doctrina. Sobre la casita murmuran los olmos y los castaños; al atardecer, una cigüeña se posa en el tejado, y todo parece maravillosamente poético y conmovedor…

— No se enfade, general. Permítame contar algo todavía más conmovedor. Recuerdo que mi padre, que en paz descanse, también bajo los tilos, en el jardín, solía leernos a mi madre y a mí, durante las veladas, libros parecidos… Así que puedo juzgar con cierto conocimiento. Ahora bien, cada familia aquí vive en completa esclavitud y sumisión al *Vater*. Todos trabajan como bueyes y ahorran como judíos. Supongamos que el *Vater* ha acumulado ya cierta cantidad de *gulden* y que planea traspasar al hijo mayor el oficio o la parcela de tierra; para ello, no da dote a la hija, que se queda para vestir santos, y vende al hijo menor como siervo o soldado. El dinero obtenido se agrega al capital familiar. Así sucede aquí, según he averiguado. Todo se hace en nombre de la más rigurosa honradez, hasta el punto de que el hijo menor cree que ha sido vendido por pura honradez. Vamos, que es ideal cuando la propia víctima se regocija al ser llevada al matadero. ¿Y qué pasa con el hijo mayor? Tampoco le va mucho mejor. Allí cerca está su Amalia, a quien ama tiernamente, pero no puede casarse con ella porque aún no ha reunido suficientes *gulden*. Así que los dos esperan honestamente, sinceramente, y caminan hacia el sacrificio con una sonrisa en los labios. Amalia adelgaza, se le hunden las mejillas. Por fin, veinte años después, la prosperidad aumenta; los *gulden* se han acumulado honesta y virtuosamente. El *Vater* bendice al hijo mayor, que ha llegado a los cuarenta años, y a Amalia, que, con treinta y cinco años a cuestas, tiene el pecho hundido y la nariz roja. En tal ocasión, el *Vater* derrama algunas lágrimas, pronuncia una homilía y muere. El hijo mayor se convierte en el nuevo *Vater* y… vuelta a empezar. De este modo, después de cincuenta o sesenta años, el nieto del primer *Vater* logra reunir un capital considerable que deja en herencia a su hijo, este al suyo, y así sucesivamente, hasta que después de cinco o seis generaciones aparece un barón Rothschild o una Hoppe y Compañía, o algo por el estilo. Bueno, señores, ¿no es esto un espectáculo majestuoso? Trabajo continuo durante uno o dos siglos, paciencia, inteligencia, honradez, fuerza de voluntad, constancia, cálculo… ¡y una cigüeña en el tejado! ¿Qué más se puede pedir? Nada lo supera. Y con ese criterio, los alemanes empiezan a juzgar a todos los que son distintos de ellos y a condenarlos sin más. En cuanto a mí, prefiero despilfarrar al estilo ruso que hacerme rico con la ruleta. No me interesa ser Hoppe y Compañía después de cinco generaciones. Necesito el dinero para mí, aquí y ahora, y no me considero indispensable ni subordinado al capital. Sé que he dicho un montón de tonterías, pero, en fin, ¿qué le vamos a hacer? Ésas son mis convicciones.

— No sé si lleva usted mucha razón en lo que dice —comentó pensativo el general—, pero lo que sí sé es que en cuanto se le da la menor oportunidad empieza a bufonear de manera inaguantable...

Como de costumbre, no terminó la frase. Si el general hablaba de algo más importante que la conversación cotidiana, nunca terminaba sus frases. El francés escuchaba distraído, con los ojos algo desorbitados; no había entendido casi nada de lo que yo había dicho. Polina observaba la escena con una indiferencia altiva. Parecía no haber oído mis palabras ni nada de lo que se había dicho en la mesa.

Capítulo 5

Estaba más absorta que de costumbre, pero apenas nos levantamos de la mesa, me pidió que la acompañara a dar un paseo. Recogimos a los niños y nos dirigimos a la fuente del parque.

Como estaba visiblemente agitado, le hice una pregunta estúpida y grosera: ¿por qué el marqués Des Grieux, nuestro francés, no solo no la acompañaba a ningún lado últimamente, sino que tampoco hablaba con ella durante días enteros?

— Porque es un canalla —respondió de manera extraña.

Hasta ese momento nunca la había oído hablar así de Des Grieux. Guardé silencio, temiendo comprender la razón de su irritación.

— ¿Ha notado que hoy tampoco se llevaba bien con el general?

— ¿Quiere usted saber de qué se trata? —respondió con tono seco y molesto—. Usted sabe que el general lo tiene todo hipotecado con el francés; toda su hacienda es suya, y si la abuela no muere, el francés entrará en posesión de todo lo hipotecado.

— ¡Ah! ¿Así que es cierto que todo está hipotecado? Lo había oído, pero no estaba seguro.

— Pues sí.

— Si es así, adiós a Mademoiselle Blanche —dije—. En tal caso, no será generala. ¿Sabe? Me parece que el general está tan enamorado que podría pegarse un tiro si

Mademoiselle Blanche lo deja. Enamorarse así a su edad es peligroso.

— A mí también me parece que algo le ocurrirá —dijo Polina Aleksandrovna pensativa.

— ¡Y qué magnífico sería! —exclamé—. Sería la prueba más burda de que pensaba casarse con él solo por dinero. Aquí ni siquiera se han molestado en guardar las apariencias; todo ha sido de lo más vulgar. ¡Qué raro! Y en cuanto a la abuela, ¿hay algo más grotesco e indecente que enviar telegrama tras telegrama preguntando: «¿ha muerto? ¿ha muerto?»? ¿Qué piensa usted, Polina Aleksandrovna?

— Todo eso es una tontería —respondió con repugnancia, interrumpiéndome—. Pero me sorprende que esté usted de tan buen humor. ¿Por qué está tan contento? ¿Será porque ha perdido mi dinero?

— ¿Por qué me lo dio para que lo perdiera? Ya le dije que no puedo jugar por cuenta de otros, y mucho menos por la suya. Obedezco en todo lo que usted me mande, pero el resultado no depende de mí. Le advertí que no saldría nada positivo. Dígame, ¿le duele haber perdido tanto dinero? ¿Para qué lo necesitaba?

— ¿A qué vienen esas preguntas?

— ¡Pero si usted misma prometió explicarme…! Mire, estoy completamente seguro de que ganaré en cuanto empiece a jugar por mi cuenta (y tengo doce federicos de oro). Entonces pídame lo que necesite.

Polina hizo un gesto de desdén.

— No se enfade conmigo —continué— por esa propuesta. Estoy tan convencido de que no soy nada para usted, es decir, de que no soy nada a sus ojos, que incluso podría tomar dinero de mí sin ofenderse. No tiene por qué sentirse insultada por un regalo mío. Además, he perdido su dinero.

Me lanzó una rápida mirada y, al notar que hablaba con tono irritado y sarcástico, interrumpió nuevamente la conversación.

—No hay nada que pueda interesarle en mis circunstancias. Si quiere saberlo, tengo deudas. He pedido prestado y quiero devolverlo. He tenido esta idea extraña y temeraria de que aquí ganaría al juego sin falta. No sé por qué, pero creí en esa idea porque no me quedaba otra alternativa.

— O porque era absolutamente necesario ganar. Como el que se ahoga y se agarra a una paja. Confiese que si no estuviera ahogándose, no creería que una paja es una rama de árbol.

Polina me miró sorprendida.

— ¡Cómo! —exclamó—. Pero si usted también pone sus esperanzas en lo mismo. Hace quince días me explicó con detalle que estaba completamente convencido de que ganaría aquí a la ruleta, y trató de convencerme de que no lo tomara por loco. ¿Hablaba en serio entonces? Recuerdo que lo dijo con tal seriedad que era imposible creer que fuera una broma.

— Es cierto —respondí pensativo—. Todavía tengo la absoluta certeza de que ganaré. Confieso que su pregunta me lleva ahora a reflexionar: ¿por qué la pérdida estúpida y vergonzosa de hoy no ha sembrado en mí ninguna duda? Sigo creyendo firmemente que tan pronto como empiece a jugar por mi cuenta ganaré sin falta.

— ¿Por qué está tan absolutamente convencido?

— Si puede creerlo, no lo sé. Solo sé que debo ganar, que esta es también mi única salida. Quizás por eso tengo que ganar irremisiblemente, o al menos eso me parece.

— Es decir, que también es necesario para usted, si está tan fanáticamente seguro.

— Apostaría a que duda de que soy capaz de sentir una necesidad seria.

— Me es igual —respondió Polina en voz baja e indiferente—. Bueno, si quiere, sí. Dudo que algo realmente serio lo tenga preocupado a usted. Puede atribularse, pero no en serio. Es usted un hombre desordenado, inestable. ¿Para qué necesita el dinero? Entre las razones que me dio entonces, no encontré ninguna seria.

— A propósito —interrumpí—, decía usted que necesitaba pagar una deuda. Bonita deuda será. ¿No es con el francés?

— ¿Qué preguntas son esas? Hoy está más impertinente de lo habitual. ¿No estará borracho?

— Ya sabe que me permito hablar de todo y que pregunto con la mayor franqueza. Repito que soy su esclavo y que no importa lo que diga un esclavo. Además, un esclavo no puede ofender.

— ¡Tonterías! No soporto esa teoría suya sobre la «esclavitud».

— Fíjese que no hablo de mi esclavitud porque me guste ser su esclavo. Hablo de ella como un hecho que no depende de mí.

— Diga sin rodeos, ¿por qué necesita dinero?

— Y usted, ¿por qué quiere saberlo?

— Como quiera —respondió con un movimiento orgulloso de la cabeza.

— No puede soportar la teoría de la esclavitud, pero exige esclavitud: «¡Responda y no razone!». Bueno, sea. ¿Por qué necesito dinero, pregunta usted? ¿Cómo qué por qué? El dinero lo es todo.

— Lo entiendo, pero no hasta el punto de llegar a ese frenesí, a ese fatalismo por el dinero. Ahí hay algo más, algún motivo especial. Dígalo sin ambages. Lo quiero saber.

Por lo visto empezaba a enfadarse, y a mí me agradaba mucho que me interrogara con tal vehemencia.

— Claro que hay un motivo —respondí—, pero temo no saber cómo explicarlo. Solo sé que con el dinero dejaré de ser para usted un esclavo. Seré otro hombre.

— ¿Cómo? ¿Cómo conseguirá usted eso?

— ¿Qué cómo lo conseguiré? ¿Es que ni siquiera puede concebir que yo deje de ser un esclavo para usted? Pues bien, eso es lo que no quiero: esa sorpresa, esa perplejidad.

— Decía que consideraba su esclavitud como un placer. Eso pensaba yo también.

— Eso pensaba usted —exclamé con extraño deleite—. ¡Ah, qué deliciosa es esa ingenuidad suya! Así que, sí, usted ve mi esclavitud como un placer. Hay cierto placer cuando se alcanza el límite de la humillación y la insignificancia —continué en mi delirio—. ¿Quién sabe? Quizás lo haya también en el *knut* cuando se hunde en la espalda y arranca tiras de carne… Pero tal vez quiero probar otra clase de placer. Hoy, a la mesa, frente a usted, el general me predicó un sermón sobre los setecientos rublos anuales que quizás ya no me pague. El marqués Des Grieux me mira alzando las cejas, y ni siquiera me ve. Y yo, por mi parte, tal vez tengo un deseo vehemente de tirarle de la nariz al marqués Des Grieux frente a usted.

— Palabras propias de un mocoso. En toda situación es posible comportarse con dignidad. Si hay lucha, que sea noble y no humillante.

— Eso es de manual. Suponga, simplemente, que no sé comportarme con dignidad. Es decir, que puedo ser un hombre digno, pero no actuar como tal. Quizás sea así. Sí, los rusos somos así, y le explicaré por qué: somos demasiado talentosos y versátiles para encajar en moldes rígidos de buena educación. Es una cuestión de formas. Somos tan talentosos que necesitaríamos un destello de inspiración para cultivar los buenos modales. Pero muy a menudo nos falta esa chispa de genialidad, porque, en general, es rara. Solo los franceses, y tal vez algunos otros europeos, han desarrollado unas maneras tan refinadas que una persona puede parecer dignísima y ser completamente indigna. Por eso las formas son tan importantes para ellos. Un francés soportará un insulto directo y claro sin inmutarse, pero no tolerará un papirotazo en la nariz, porque eso viola las normas de cortesía universalmente aceptadas. De ahí la fascinación de nuestras chicas rusas por los franceses: sus modales son impecables. Pero, en mi opinión, ellos no tienen una verdadera educación, sino que más bien se pavonean como un buen "*coq gaulois*" [11]. Aunque, claro, yo no entiendo de eso porque no soy mujer. Quizá los gallos también tengan buenos modales. Está visto que estoy desbarrando y que no me para usted los pies. Interrúmpame más a menudo. Cuando hablo con usted quiero decirlo todo, todo, todo. Pierdo por completo la noción de los buenos modales; incluso admito que no sólo carezco de modales, sino también de dignidad. Se lo explicaré: no me preocupan en lo más mínimo las cualidades morales. Ahora, todo en mí está detenido. Usted misma sabe por qué. No tengo un solo pensamiento humano en la cabeza. Hace mucho que no sé qué sucede en el mundo, ni en Rusia ni aquí. He pasado por Dresde y ni siquiera recuerdo cómo es Dresde. Usted sabe perfectamente qué me ha sorbido el seso. Como no tengo esperanza alguna y soy un cero a sus ojos, hablo sin rodeos. Dondequiera que estoy, solo la veo a usted, y lo demás me importa un comino. No sé por qué ni cómo la quiero. ¿Sabe? Quizá ni siquiera sea usted guapa. Fíjese, no tengo idea de si es hermosa de rostro. Su corazón, huelga decirlo, no tiene nada de hermoso, y acaso ni siquiera sea usted noble de espíritu.

— ¿Es por eso que quiere comprarme con dinero? —preguntó—. ¿Por qué no cree en mí nobleza de espíritu?

— ¿Cuándo he pensado en comprarla con dinero? —grité.

— Se le ha escapado la lengua y ha perdido el hilo. Si no comprarme a mí, sí pretende comprar mi respeto con dinero.

11 El gallo galo.

— ¡Que no, de ningún modo! Ya le he dicho que me cuesta trabajo explicarme. Usted me abruma. No se enoje por mi cháchara. Usted comprende por qué no vale la pena enfadarse conmigo: estoy sencillamente loco. Pero, por otra parte, me da igual que se enfade. Allá arriba, en mi pequeño cuarto, me basta con recordar o imaginar el rumor de su vestido para empezar a morderme las manos. ¿Y por qué se enfada conmigo? ¿Por qué me llamó su esclavo? ¡Aprovéchese, aprovéchese de mi esclavitud, aprovéchese de ella! ¿Sabe que la mataré algún día? Y no la mataré porque deje de quererla, ni por celos; la mataré simplemente porque siento ganas de comérmela. ¿Se ríe?

— No me río —dijo indignada—. Le ordeno que se calle.

Se detuvo, con el aliento entrecortado por la ira. ¡Por Dios que no sé si era hermosa! Pero lo que sí sé es que me gustaba mirarla cuando me enfrentaba así. Por eso, a menudo me gustaba provocarla. Quizás ella misma lo sabía y se enfadaba a propósito. Se lo dije.

— ¡Qué porquería! —exclamó con repugnancia.

— Me da igual —continué—. Sepa que es peligroso que paseemos juntos; más de una vez he sentido el deseo irresistible de golpearla, de desfigurarla, de estrangularla. ¿Cree que las cosas no llegarán a ese extremo? Usted me lleva al arrebato. ¿Cree que temo el escándalo? ¿Su enojo? ¿Y a mí qué me importa su enojo? La quiero sin esperanza y sé que después de esto la querré mil veces más. Si algún día la mato, tendré que matarme yo también (aunque retrasaré el hacerlo para sentir el dolor insoportable de no tenerla). ¿Sabe algo increíble? Que cada día la quiero más, lo que ya es casi imposible. Y después de esto, ¿cómo podría no ser fatalista? Recuerde que anteayer, provocado por usted, le dije en el Schlangenberg que, con solo pronunciar una palabra, me lanzaría al abismo. Si lo hubiera dicho, me habría lanzado. ¿No cree que lo habría hecho?

— ¡Qué cháchara tan estúpida! —exclamó.

— Me da igual que sea estúpida o juiciosa —repliqué—. Lo que sé es que en su presencia necesito hablar, hablar y hablar… y hablo. Ante usted pierdo todo amor propio y todo me da lo mismo.

— ¿Y con qué motivo le ordenaría lanzarse desde el Schlangenberg? Eso no me serviría para nada —dijo secamente, en un tono especialmente ofensivo.

— ¡Magnífico! —exclamé—. A propósito, para aplastarme, ha usado usted esa magnífica expresión: «no me serviría para nada». Para mí es usted transparente. ¿Dice que «no serviría para nada»? La satisfacción es siempre útil; y el poder feroz, sin límites, incluso sobre una mosca, también es una forma especial de placer. El ser humano es déspota por naturaleza y muy aficionado a ser verdugo. Usted lo es en alto grado.

Recuerdo que me miraba fijamente. Mi rostro, por lo visto, reflejaba todos mis sentimientos absurdos e incoherentes. Aún recuerdo que nuestra conversación fue, casi palabra por palabra, tal como aquí queda descrita. Mis ojos estaban inyectados de sangre. Tenía saliva en las comisuras de los labios. Y en cuanto al Schlangenberg, juro por mi honor que si me hubiera ordenado tirarme, ¡me habría tirado! Aunque lo hubiera dicho en broma, con desprecio, escupiendo las palabras, ¡lo habría hecho!

— No, pero le creo —concedió, aunque con tal desdén, rencor y altivez que, ¡vive Dios!, podría haberla matado en ese instante. Ella cortejaba el peligro. Yo tampoco mentía al decírselo.
— ¿Usted no es cobarde? —me preguntó de pronto.
— No lo sé; quizá lo sea. Hace tiempo que no lo pienso.
— Si yo le dijera: «mate a esa persona», ¿la mataría?
— ¿A quién?
— A quien yo quisiera.
— ¿Al francés?
— No pregunte. Responda. A quien yo le indicara. Quiero saber si hablaba en serio hace un momento. —Aguardaba la respuesta con tal seriedad e impaciencia que todo me pareció, por un instante, extraño.
— ¡Pero acabemos, dígame qué es lo que pasa aquí! —exclamé—. ¿Es que me teme? Veo bien la confusión que reina aquí. Usted es la hijastra de un hombre loco y arruinado, que está envenenado por la pasión hacia esa mujer, Blanche. Luego está ese francés con su misteriosa influencia sobre usted, y ahora me hace una pregunta... insólita. Por lo menos tengo que saber qué sucede; de lo contrario, me haré un lío y cometeré una estupidez. ¿O es que le da vergüenza ser franca conmigo? ¿De verdad le da vergüenza honrarme con su franqueza?
— No le hablo en absoluto de eso. Le he hecho una pregunta y espero su respuesta.
— Claro que mataría a quien me ordenara —exclamé—, pero, ¿es posible que... es posible que usted me dé tal orden?

— ¿Qué cree usted? ¿Qué le tendré lástima? Se lo ordenaré y me lavaré las manos. ¿Podrá soportarlo? ¡Claro que no! Quizá cumpla usted con la orden, pero luego vendrá a matarme a mí por habérsela dado.

Tales palabras me dejaron casi atónito. Por supuesto, pensaba que me hacía la pregunta medio en broma, para provocarme, pero había hablado con demasiada seriedad. Aun así, me sorprendió que se expresara de ese modo, como si tuviera tales derechos sobre mí, que se permitiera ejercer semejante ascendiente y que me dijera tan sin rodeos: «Ve a tu perdición, que yo me aparto». Había tal cinismo y descaro en esas palabras que todo pasaba de castaño oscuro. Porque, vamos a ver, ¿qué opinión tenía de mí? Eso rebasaba los límites de la esclavitud y la humillación. Pensar así de un hombre es ponerlo al nivel de quien lo piensa. Y a pesar de lo absurdo e inverosímil de nuestra conversación, el corazón me temblaba.

De pronto, soltó una carcajada. Estábamos sentados en un banco junto a los niños, que seguían jugando frente al lugar donde los carruajes se detenían para que la gente bajara en la avenida frente al Casino.

— ¿Ve usted a esa baronesa gorda? —preguntó—. Es la baronesa Burmerhelm. Llegó hace solo tres días. Mire a su marido, ese prusiano seco y larguirucho con un bastón en la mano. ¿Recuerda cómo nos miraba anteayer? Vaya de inmediato, acérquese a la baronesa, quítese el sombrero y dígale algo en francés.

— ¿Para qué?

— Usted juró que se tiraría desde lo alto del Schlangenberg.

Jura que está dispuesto a matar si se lo ordeno. En lugar de muertes y tragedias, quiero solo pasar un buen rato. Vamos, vaya; no hay pero que valga. Quiero ver cómo el barón le apalea.

— Me está provocando. ¿Cree que no lo haré?

— Sí, le provoco. Vaya. Es lo que quiero.

— Perdóneme, voy, aunque este capricho es absurdo. Solo una cosa: ¿qué hago para que el general no se lleve un disgusto, o para no causárselo a usted? Le doy mi palabra de que no me preocupa lo que pase conmigo, sino con usted… y, bueno, con el general. ¿Y qué sentido tiene insultar a una mujer?

— Ya veo que su fuerza se queda solo en las palabras —dijo con desdén—. Hace un momento tenía los ojos inyectados de sangre, pero tal vez solo porque bebió demasiado vino en la comida. ¿Cree que no me doy cuenta de que esto es estúpido y grosero, y que el general se enfadará? Quiero sencillamente reírme; lo quiero y basta. ¿Y para qué insultar a una mujer? Para que cuanto antes le den a usted una paliza.

Giré sobre los talones y, sin decir nada, fui a cumplir su encargo. Sin duda, era una acción estúpida, y, por supuesto, no sabía cómo evitarla. Sin embargo, recuerdo que, al acercarme a la baronesa, algo en mí mismo parecía impulsarme, algo como la picardía de un colegial. Me sentía totalmente desquiciado, como si estuviera borracho.

Capítulo 6

Han pasado ya veinticuatro horas desde ese día absurdo, ¡y cuánto jaleo, escándalo, bullicio y aspavientos ha habido! ¡Qué confusión, qué desorden, qué estupidez y qué vulgaridad han salido de todo esto, de lo cual he sido yo la causa! Sin embargo, a veces me parece cómico, al menos a mí. No logro explicarme lo que me sucedió: ¿estaba realmente fuera de mí o simplemente perdí el control un momento y me comporté como un patán que merece ser atado? A veces me siento como si estuviera loco, pero otras pienso que soy un chiquillo que acaba de salir de la escuela y que solo comete torpes travesuras infantiles.

Todo esto ha sido por Polina. Sí, ella es la causa de todo. Sin ella no habría habido estas tonterías. ¡Quién sabe! Tal vez lo hice por desesperación (aunque parezca absurdo suponerlo). No comprendo, no entiendo cuál es su atractivo. En cuanto a belleza, debe de ser hermosa, porque vuelve locos a otros hombres. Es alta y elegante, aunque muy delgada. Tengo la impresión de que podría doblarla por la mitad o hacer un nudo con ella. Sus pies son largos y estrechos: una verdadera tortura, eso es, una tortura. Su cabello tiene un leve matiz rojizo. Sus ojos, auténticamente felinos, ¡y con qué orgullo y altivez sabe mirar con ellos! Hace cuatro meses, cuando llegué aquí, estaba hablando una noche en el salón con Des Grieux. La conversación era intensa. Y ella le miraba de tal manera... que más tarde, al irme a la cama, llegué a la conclusión de que acababa de darle una bofetada. Estaba de pie frente a él, mirándole fijamente... Desde esa noche la quiero.

Pero vamos al caso.

Tomé una vereda que desembocaba en la avenida, me planté en medio de ella y esperé al barón y a la baronesa. Cuando estuvieron a cinco pasos de mí, me quité el sombrero e hice una reverencia.

Recuerdo que la baronesa llevaba un vestido de seda de mucho vuelo, gris claro, con volantes de crinolina y una larga cola. Era una mujer baja, pero de una corpulencia notable, con una papada gruesa y colgante que ocultaba completamente su cuello. Su rostro era de un rojo intenso; los ojos, pequeños, maliciosos e insolentes. Caminaba como si tuviera derecho a todos los honores. El barón era alto y enjuto. Como ocurre a menudo entre los alemanes, tenía la cara torcida y cubierta de un sinfín de pequeñas arrugas. Usaba lentes. Debía de tener unos cuarenta y cinco años. Las piernas le nacían casi a la altura del pecho, lo que se considera un signo de linaje.. Caminaba ufano, como un pavo real. Un poco torpe en sus movimientos. Había algo de carnero en la expresión de su rostro, lo que podría confundirse con sabiduría.

Todo esto lo noté en apenas tres segundos.

Mi inclinación de cabeza y mi sombrero en la mano empezaron a llamar lentamente la atención de la pareja. El barón frunció ligeramente las cejas. La baronesa se dirigía hacia mí con paso firme.

— Madame la baronne —articulé claramente en voz alta, acentuando cada palabra—, *j'ai l'honneur d'être votre esclave* [12].

Me incliné, me puse el sombrero y pasé junto al barón, volviendo mi rostro hacia él y sonriendo cortésmente. Polina me había ordenado que me quitara el sombrero, pero la inclinación de cabeza y el resto de mi actuación fueron cosa mía. El diablo sabe qué me impulsó a hacerlo. Fue, sencillamente, un desliz.

— ¡*Hein*! [13] —gritó, o mejor dicho, graznó el barón, volviéndose hacia mí con mortificado asombro.

Yo también me volví y me detuve, esperando respetuosamente, sin dejar de mirarle y sonreír. Por lo visto, estaba perplejo y alzó desmesuradamente las cejas. Su rostro se iba oscureciendo. La baronesa también se volvió hacia mí, mirándome con irritada sorpresa. Algunos transeúntes comenzaron a observarnos, y otros incluso se detuvieron.

— ¡Hein! —volvió a graznar el barón, con redoblado furor.

— *Ja wohl* [14] —dije yo, arrastrando las sílabas y sin apartar mis ojos de los suyos.

— *Sind Sie rasend?* [15] —gritó enarbolando el bastón,

---

12 Señora baronesa, tengo el honor de ser su esclavo.

13 Interjección en alemán, similar a ¿Eh?, utilizado en este contexto como "¿Qué pasa aquí?" o "¿Cómo se atreve?"

14 "¡Sí, claro!" o "¡Por supuesto!" en alemán.

15 ¿Está usted loco?

mientras empezaba, al parecer, a acobardarse. Tal vez lo desconcertaba mi aspecto, ya que estaba vestido con mucha pulcritud, incluso con un aire algo refinado, como un hombre de la mejor sociedad.

— *Ja wo-o-ohl*! —exclamé de pronto a voz en cuello, arrastrando la "o" al estilo berlinés, que alarga esa sílaba para expresar diferentes matices de pensamiento y emoción.

El barón y la baronesa, atemorizados, dieron media vuelta y casi huyeron. Entre los espectadores, algunos murmuraban comentarios y otros me miraban atónitos. Aunque, en realidad, no lo recuerdo con claridad.

Di la vuelta y, a paso tranquilo, me dirigí hacia Polina Aleksandrovna. Sin embargo, no había recorrido aún cien pasos cuando vi que se levantaba del banco y, acompañada de los niños, se dirigía al hotel.

La alcancé en la escalinata.

— He cumplido... la payasada —dije al situarme a su lado.

— Bueno, ¿y qué? Ahora arrégleselas como pueda —respondió sin mirarme, y subió la escalera.

Esa tarde estuve vagando por el parque. Lo atravesé y, más tarde, también un bosque, hasta llegar a un principado vecino. En una cabaña pedí huevos revueltos y vino. Por este "idilio" me cobraron nada menos que un tálero y medio.

Eran ya las once cuando regresé al hotel. Enseguida vinieron a buscarme, porque el general me estaba llamando.

Nuestra gente ocupa en el hotel dos apartamentos con un total de cuatro habitaciones. La primera es grande, un salón con piano. A su lado hay otra amplia habitación que funciona como el gabinete del general. Allí me estaba esperando de pie, con actitud majestuosa. Des Grieux estaba tumbado en un diván.

— Permítame preguntarle, señor mío, qué ha hecho usted —dijo el general para comenzar, girándose hacia mí.

— Desearía, general, que me dijera sin rodeos lo que tiene que decirme. ¿Se refiere acaso a mi encuentro de hoy con cierto alemán?

— ¿Con cierto alemán? Ese alemán es el barón Burmerhelm, un personaje importante, señor mío. Usted se ha comportado de forma grosera con él y con la baronesa.

— No, señor, nada de eso.

— Los ha asustado usted.

— Repito que no, señor. Cuando estuve en Berlín, me sorprendió oír constantemente tras cada palabra la expresión "Ja wohl", que allí pronuncian arrastrándola de una manera desagradable. Al encontrarme con ellos en la avenida, recordé de pronto ese "Ja wohl" y, no sé por qué, el recuerdo me irritó... Además, la baronesa, en tres ocasiones, al cruzarse conmigo, ha tenido la costumbre de dirigirse directamente hacia mí como si yo fuera un gusano que se puede aplastar con el pie. Convenga, general, en que yo también puedo tener amor propio. Me quité el sombrero y, cortésmente (le aseguro que cortésmente), le dije: *Madame, j'ai l'honneur d'être votre esclave*. Cuando el barón se volvió y gritó «¡Hein!», de repente sentí ganas de gritar «Ja wohl». Lo hice dos veces: la primera, de manera corriente; la segunda, arrastrando la frase tanto como me fue posible. Eso es todo.

Confieso que quedé muy contento con esta explicación propia de un chiquillo. Deseaba ardientemente alargar esta historia de la manera más absurda posible. Y cuanto más avanzaba, más empezaba a disfrutarlo.

— ¿Se ríe usted de mí? —exclamó el general. Se volvió hacia Des Grieux y le dijo en francés que yo, sin duda, insistía en provocar un escándalo. Des Grieux se rió con desdén y se encogió de hombros.

— ¡Oh, no lo crea! ¡No es así en absoluto! —exclamé—. Mi proceder, por supuesto, no ha sido apropiado, y lo reconozco con franqueza. Podría incluso decirse que fue una tontería, una travesura de colegial, pero nada más. Y, general, sepa que me arrepiento de todo corazón. Sin embargo, hay una circunstancia que, a mi juicio, casi me exime de arrepentirme. En estas últimas dos o tres semanas no me encuentro bien: estoy enfermo, nervioso, irritado, caprichoso, y más de una vez pierdo por completo el dominio sobre mí mismo. Para ser sincero, en más de una ocasión he sentido el deseo vehemente de abalanzarme sobre el marqués Des Grieux y… bueno, no hay necesidad de acabar la frase; podría ofenderse. En resumen, son síntomas de una enfermedad. No sé si la baronesa Burmerhelm tendrá en cuenta esta circunstancia cuando le presente mis disculpas (porque tengo la intención de hacerlo). Sospecho que no, que últimamente se ha abusado mucho de esta circunstancia en el ámbito jurídico. En los casos criminales, los abogados intentan a menudo justificar a sus clientes alegando que, al cometer el delito, no se acordaban de nada, lo que podría ser una especie de enfermedad. «Asestó el golpe —dicen—, pero no recuerda nada». Y fíjese, general, que la medicina les da la razón: efectivamente, confirma la existencia de tal enfermedad, de una ofuscación pasajera en la que el individuo no recuerda casi nada, o solo la mitad o una cuarta parte de lo sucedido. Pero el barón y la baronesa son gente chapada a la antigua, sin contar que son *junker* prusianos y terratenientes. Lo más probable es que aún no sepan de este progreso en el ámbito de la medicina legal y, por tanto, no acepten mis explicaciones. ¿Qué opina usted, general?

—¡Basta, caballero! —dijo el general en tono áspero y con indignación mal contenida—. ¡Basta ya! Voy a intentar, de una vez por todas, librarme de sus chiquilladas. No presentará usted sus disculpas a la baronesa ni al barón. Toda relación con usted, incluso para pedir perdón, sería humillante para ellos. El barón, al enterarse de que usted pertenece a mi casa, tuvo una conversación conmigo en el Casino, y confieso que faltó poco para que me exigiera una satisfacción. ¿Se da cuenta de la situación en la que me ha puesto, señor mío? Yo, yo mismo he tenido que disculparme ante el barón y darle mi palabra de que, hoy mismo, usted dejará de pertenecer a mi casa…

—Un momento, un momento, general. Entonces, ¿ha sido el propio barón quien ha exigido que deje de pertenecer a su casa, para usar esa expresión que usted emplea?

— No, pero yo mismo me vi obligado a darle esa satisfacción, y, por supuesto, el barón quedó satisfecho. Nos vamos a separar, señor mío. Le corresponde recibir de mi parte estos cuatro federicos de oro y tres florines, según el cambio vigente. Aquí tiene el dinero y un papel con la cuenta; puede usted verificar la suma. Adiós. De ahora en adelante somos extraños el uno para el otro. No he recibido por parte de usted más que problemas y dificultades. Voy a informar al hotel que, a partir de mañana, no responderé de los gastos que genere. Servidor de usted.

Tomé el dinero y el papel en el que estaba apuntada la cuenta a lápiz, me incliné ante el general y le dije con toda seriedad:

— General, esto no puede terminar así. Lamento mucho que haya tenido un disgusto con el barón, pero, con el debido respeto, usted mismo tiene la culpa. ¿Por qué se le ocurrió responder por mí ante el barón? ¿Qué significa eso de que pertenezco a su casa? Yo soy simplemente un tutor en su hogar, nada más. No soy su hijo, no estoy bajo su tutela y usted no puede ser responsable de mis actos. Soy una persona jurídicamente competente. Tengo veinticinco años, poseo un título de licenciado, provengo de una familia noble y soy, en todos los sentidos, completamente ajeno a usted. Solo la profunda estima que le profeso me impide exigirle una satisfacción ahora mismo y pedirle además que explique por qué se arrogó el derecho de responder por mí al barón.

El general quedó tan atónito que extendió los brazos en cruz, se volvió de inmediato hacia el francés y, apresuradamente, le informó que yo casi lo había retado a un duelo. El francés soltó una estrepitosa carcajada.

— Al barón, sin embargo, no pienso dejarlo pasar así como así —proseguí con total sangre fría, ignorando por completo la risa de monsieur Des Grieux—. Y dado que usted, general, al aceptar escuchar hoy las quejas del barón y tomar partido por él, se ha convertido, por así decirlo, en partícipe de este asunto, tengo el honor de informarle que mañana por la mañana, a más tardar, exigiré del barón, en mi propio nombre, una explicación formal de por qué, siendo yo la persona con quien debía tratar, me ignoró para dirigirse a otro, como si yo no fuera digno o no pudiera responder por mí mismo.

Sucedió lo que había previsto. El general, al oír esta nueva ocurrencia, se acobardó de inmediato.

— ¿Cómo? ¿Es posible que insista en prolongar este maldito asunto? —exclamó—. ¡Ay, Dios mío! ¿Qué pretende hacer conmigo? ¡No se atreva, no se atreva, señor mío, o le juro que… Aquí hay autoridades y yo… yo… por mi posición social… y el barón también… en fin, que lo detendrán a usted y la policía le expulsará de aquí por alborotador! ¡Téngalo presente!

Aunque hablaba con voz entrecortada por la ira, estaba visiblemente aterrorizado.

— General —respondí con una calma que parecía intolerable para él—, no es posible detener a nadie por un alboroto hasta que dicho alboroto tenga lugar. Todavía no he comenzado mis explicaciones con el barón, y usted no tiene idea de cómo ni sobre qué bases pienso proceder en este asunto. Solo quiero aclarar esta suposición que considero ofensiva: la idea de que estoy bajo la tutela de alguien que controla mi libertad. Por lo tanto, no tiene usted motivos para preocuparse ni alarmarse.

— ¡Por Dios santo, por Dios santo, Aleksei Ivanovich, abandone ese propósito insensato! —murmuró el general, cambiando súbitamente su tono airado por otro de súplica, incluso cogiéndome de las manos—. ¡Imagine lo que puede resultar de esto! ¡Más disgustos! Usted mismo convendrá en que debo conducirme aquí de una manera especial, sobre todo ahora… ¡sobre todo ahora! ¡Ay, usted no conoce, no conoce todas mis circunstancias! Cuando nos vayamos de aquí estoy dispuesto a contratarle de nuevo. Solo hablaba de ahora… en fin, usted conoce los motivos —gritó desesperado—. ¡Aleksei Ivanovich, Aleksei Ivanovich!

Una vez más, desde la puerta, le dije con voz firme que no se preocupara, le prometí que todo se haría de forma pulcra y decorosa, y me apresuré a salir.

A veces, los rusos que están en el extranjero se muestran excesivamente pusilánimes. Temen sobremanera el qué dirán, cómo los miran, y se preguntan si es decoroso hacer esto o aquello. En fin, viven como encorsetados, especialmente cuando aspiran a destacar. Lo que más les agrada es ajustarse a una pauta preconcebida, establecida de una vez para siempre, que aplican de forma servil en los hoteles, paseos, reuniones o viajes. Ahora bien, el general dejó escapar que, además de todo, había algunas circunstancias particulares que le obligaban a "conducirse de manera algo especial". Por eso se desconcertó tan de repente y cambió de tono conmigo. Lo observé y tomé nota mental de ello. Y como, sin duda, por pura torpeza, podía apelar mañana a las autoridades, me era necesario tomar precauciones.

Por otro lado, no quería enfurecer realmente al general, pero sí quería enfurecer a Polina. Polina me había tratado tan cruelmente y me había puesto en una situación tan absurda que quería obligarla a pedirme ella misma que cesara en mis actos. Mis travesuras podían llegar a comprometerla, sin contar que en mí surgían otras emociones y deseos. Porque, aunque ante ella me reduzca voluntariamente a la nada, eso no significa que sea un "cobarde" ante los demás, ni mucho menos que el barón pueda "darme de bastonazos". Lo que quería era reírme de todos ellos y salir victorioso en este asunto. ¡Que mirasen bien! Quizás Polina se asustaría y me llamaría de nuevo. Y si no lo hacía, al menos vería que no soy un "cobarde".

(Noticia sorprendente. La niñera con la que me crucé en la escalera acaba de decirme que Marya Filippovna salió sola, en el tren de esta noche, hacia Karlsbad para visitar a una prima suya. ¿Qué significa esto? La niñera dice que llevaba tiempo preparando el viaje, pero, ¿cómo es que nadie lo sabía? Aunque, claro, podría ser que solo yo no estuviera al tanto. Además, la niñera me contó que anteayer Marya Filippovna tuvo una disputa con el general. Lo entiendo. Sin duda, el tema fue Mademoiselle Blanche. Sí, algo decisivo está por suceder aquí).

Capítulo 7

Al día siguiente llamé al encargado del hotel y le pedí que preparase mi cuenta por separado. Mi habitación no era lo bastante cara como para alarmarme o obligarme a abandonar el hotel. Contaba con dieciséis federicos de oro, y allí… allí quizá estaba la riqueza. Lo curioso era que todavía no había ganado nada, pero ya sentía, pensaba y actuaba como un hombre rico, y no podía imaginarme de otro modo.

A pesar de lo temprano de la hora, estaba a punto de ir a ver a míster Astley en el Hotel d'Angleterre, cercano al nuestro, cuando, inesperadamente, apareció Des Grieux. Esto nunca había sucedido antes; más aún, mis relaciones con este caballero habían sido últimamente bastante tensas. Él no ocultaba su desdén hacia mí, más bien se esforzaba por demostrármelo; y yo, por mi parte, tenía razones para no manifestarle aprecio. En resumen, le detestaba. Su llegada me sorprendió enormemente. Me di cuenta de inmediato de que algo especial estaba ocurriendo.

Entró muy amablemente y comentó algo lisonjero sobre mi habitación. Al verme con el sombrero en la mano, preguntó si salía de paseo tan temprano. Cuando respondí que iba a visitar a míster Astley para tratar un asunto de negocios, pareció reflexionar un momento; su rostro se llenó de una preocupación visible.

Des Grieux era como todos los franceses: festivo y amable cuando es necesario serlo, pero pragmático y fastidioso hasta el extremo cuando la amabilidad ya no le resulta útil. Raras veces el francés es naturalmente amable; lo es casi siempre, por así decirlo, por exigencia o cálculo. Si considera indispensable ser imaginativo, original o extravagante, su fantasía resulta ser siempre absurda, artificial y envuelta en formas ya desgastadas por el uso repetido. El francés natural, en mi opinión, es la encarnación del pragmatismo más estrecho, mezquino y cotidiano. En resumen, es el ser más fastidioso de la tierra. A mi juicio, solo las personas inexpertas, especialmente las jovencitas rusas, pueden sentirse cautivadas por los franceses. Cualquier persona sensata encuentra insoportable ese convencionalismo, esa cortesía de salón preestablecida, esa desenvoltura y jovialidad impostadas.

— Vengo a hablarle de un asunto —comenzó diciendo con una soltura excesiva, aunque con amabilidad—, y no le ocultaré que actúo como embajador, o mejor dicho, como mediador, del general. Como mi conocimiento del ruso es muy limitado, no entendí casi nada anoche; pero el general me ha dado explicaciones detalladas, y confieso que...

— Escuche, monsieur Des Grieux —le interrumpí—. Usted ha aceptado el papel de mediador en este asunto. Yo, claro, soy "un outchitel" y nunca he aspirado al honor de ser amigo íntimo de esta familia ni de establecer relaciones particularmente cercanas con ella; por lo tanto, no estoy al tanto de todas las circunstancias. Pero acláreme algo: ¿es usted ahora, de manera oficial, miembro de la familia? Porque veo que participa tan activamente en todo, que actúa indefectiblemente como mediador en tantas cosas…

No le agradó mi pregunta. Era demasiado directa, y no quería dejarse llevar.

— Me unen al general, en parte, ciertos asuntos y, en parte, algunas circunstancias personales —respondió con sequedad—. El general me envía a rogarle que desista de lo que proyectaba ayer. Lo que usted planeaba era, sin duda, muy ingenioso; pero el general me ha pedido expresamente que le diga que no logrará su objetivo. Además, el barón no le recibirá y, en definitiva, tiene medios para librarse de cualquier futura importunidad de su parte. Admita que es así. Dígame, entonces, ¿de qué sirve insistir? El general promete que, con toda seguridad, le repondrá en su puesto en cuanto se presente la ocasión y que, mientras tanto, le abonará sus honorarios, vos *appointements*. ¿No le parece una oferta bastante razonable?

Yo le respondí con calma que estaba equivocado; que bien podía ser que no me echasen de casa del barón, y que, por el contrario, quizá estuvieran dispuestos a escucharme. Le pedí que admitiera que probablemente había venido para averiguar qué medidas pensaba tomar yo en este asunto.

— ¡Por Dios santo! Puesto que el general está tan implicado, claro que le interesa saber qué hará usted y cómo lo hará. Eso es natural.

Yo me dispuse a darle explicaciones y él, acomodándose en su asiento, se preparó para escucharme, ladeando la cabeza hacia mí con una evidente expresión de ironía en el rostro. Habitualmente, me miraba con un aire de superioridad.

Yo hacía todo lo posible por fingir que ponderaba el caso con toda la seriedad que requería. Expliqué que, dado que el barón se había quejado de mí al general como si yo fuera un sirviente suyo, me había hecho perder mi empleo, en primer lugar, y, en segundo, me había tratado como si fuera una persona incapaz de defenderse por sí misma y con quien ni siquiera valía la pena hablar. Por supuesto que estaba ofendido, y con razón. Pero, considerando la diferencia de edad, el nivel social, etc., etc. (y aquí apenas podía contener la risa), no quería incurrir en otra tontería, como sería exigir satisfacción directamente al barón o siquiera insinuar que me la diera. De todos modos, me consideraba con derecho a ofrecer mis disculpas, especialmente a la baronesa, más aún porque últimamente me sentía realmente indispuesto, desquiciado y, por así decirlo, caprichoso, etc., etc. Sin embargo, el barón, al apelar al general ayer de una manera ofensiva hacia mí, insistiendo además en que me despidieran, me había puesto en una situación en la que ya no podía disculparme ante él y la baronesa, porque pensarían que lo hacía por miedo, con el fin de recuperar mi puesto. Por eso, ahora consideraba necesario pedir al barón que fuera él quien primero me ofreciera una disculpa, de forma moderada, diciendo, por ejemplo, que no había querido ofenderme en absoluto. Una vez que lo hiciera, yo, sin darle importancia, le presentaría mis propias disculpas, de manera cordial y sincera.

— ¡Uf, qué escrupulosidad y qué delicadeza! ¿Y por qué tiene usted que disculparse? Vamos, monsieur, reconozca que lo hace a propósito para molestar al general… y quizá con otros fines personales… *mon cher monsieur, pardon, j'ai oublié votre nom, monsieur Alexis ?.. n'est—ce pas?*[16]

— Pero, perdóneme, *mon cher marquis* [17], ¿a usted qué le importa todo esto?

— *Mais le général* [18]…

— ¿Y qué le importa al general? Ayer dijo algo acerca de que debía conducirse de cierta manera y que estaba inquieto, pero no entendí nada.

— Aquí hay… aquí hay, efectivamente, una circunstancia personal —dijo Des Grieux con un tono suplicante en el que cada vez era más evidente su mortificación—. ¿Conoce usted a Mademoiselle de Cominges?

— ¿Quiere usted decir Mademoiselle Blanche?

— Pues sí, *Mademoiselle Blanche de Cominges… et madame sa mère…*[19] Admita que el general… en fin, para decirlo claramente, el general está enamorado y hasta es posible que la boda se celebre aquí. Imagínese si en tal ocasión hay escándalos o historias…

— No veo qué escándalos ni qué historias podrían relacionarse con esa boda.

— Pero le baron *est si irascible, un caractère prussien, vous savez, enfin, il fera une querelle d'Allemand* [20].

---

16 Mi querido señor, perdón, olvidé su nombre, señor Alexis, ¿no es así?

17 Mi querido marqués.

18 Pero el general...

19 La señorita Blanche de Cominges… y su señora madre…

20 Es tan irascible, un carácter prusiano, ya sabe, en fin habrá

— Pero a mí, no a ustedes, ya que yo ya no pertenezco a la casa... —respondí, esforzándome deliberadamente en parecer lo más torpe posible—. Pero, perdón, ¿ya está decidido que Mademoiselle Blanche se casa con el general? ¿A qué esperan? Quiero decir... ¿por qué lo ocultan, al menos de nosotros, la gente de la casa?

— A usted no puedo... bueno, es que todavía no está completamente decidido...; sin embargo... ya sabe que están esperando noticias de Rusia. El general necesita arreglar algunos asuntos...

— ¡Ah, ah! ¡La baboulinka!

Des Grieux me miró con irritación.

— En fin —me interrumpió—, confío plenamente en su amabilidad natural, en su inteligencia, en su tacto...; después de todo, lo haría por una familia que lo acogió como a un pariente, querido y respetado...

— ¡Perdone, he sido despedido! Ahora dice que fue para salvar las apariencias; pero admita que eso equivale a decir: «No quiero, por supuesto, tirarte de las orejas, pero, para salvar las apariencias, déjame que te las tire». ¿No es lo mismo?

— Pues si es así, si ninguna súplica le afecta —dijo con severidad y arrogancia—, permítame advertirle que se tomarán ciertas medidas. Aquí hay autoridades que lo expulsarán hoy mismo, *que diable! un blanc—bec comme vous*[21] quiere desafiar a un personaje como el barón! ¿Cree

una pelea típica alemana.

21 ¡Que diablos! un advenedizo como usted.

que lo dejarán tranquilo? Y créame, aquí nadie le teme. Si he venido a suplicarle ha sido por cuenta propia, porque usted ha incomodado al general. ¿De verdad cree que el barón no enviará a un lacayo para que lo eche de aquí?

— ¡Pero si no soy yo quien irá! —respondí con una calma inusual—. Se equivoca, monsieur Des Grieux. Todo esto se resolverá mucho más decorosamente de lo que usted piensa. Ahora mismo voy a ver a míster Astley para pedirle que sea mi segundo, mi *second* [22]. Ese señor me tiene aprecio y probablemente no se negará. Él irá a hablar con el barón, y el barón lo recibirá. Aunque yo sea solo un *outchitel* y parezca, en cierto modo, un *subalterne*, y aunque, en definitiva, carezca de protección, míster Astley es sobrino de un lord, de un auténtico lord, todo el mundo lo sabe: lord Pibrock. Y ese lord está aquí. Puede estar seguro de que el barón se mostrará cortés con míster Astley y lo escuchará. Y si no lo hace, míster Astley lo considerará un insulto personal (ya sabe usted lo tercos que son los ingleses) y enviará a uno de sus amigos al barón… y, por cierto, tiene buenos amigos. Así que calcule usted si las cosas no pueden desarrollarse de forma distinta a como piensa.

El francés quedó visiblemente sobrecogido; todo lo que decía tenía visos de verdad y, por tanto, yo podía muy bien provocar un problema.

— Le imploro que deje todo esto —dijo en un tono realmente suplicante—. A usted le gustaría que ocurriera

22 Segundo, en el contexto padrino para un duelo.

algo desagradable. No busca una satisfacción, sino causar una contrariedad. Ya he dicho que todo esto le resulta divertido y que, de algún modo, es ingenioso. Pero bien podría ser lo que usted está buscando. En fin —concluyó al ver que me levantaba y tomaba el sombrero—, he venido a entregarle estas dos palabras de cierta persona. Léalas, porque me han encargado que espere su respuesta.

Dicho esto, sacó del bolsillo un papelito doblado y sellado con lacre y me lo entregó. De puño y letra de Polina, decía así:

«Me parece que se propone usted continuar este asunto. Está enfadado y empieza a hacer tonterías. Sin embargo, hay circunstancias especiales que quizá le explique más tarde. Por favor, desista y deje el camino libre. ¡Cuántas bobadas hay en esto! Le necesito y usted prometió obedecerme. Recuerde Schlangenberg. Le pido que sea obediente y, si es necesario, se lo ordeno.
Su P.
P. S. Si está enojado conmigo por lo de ayer, perdóneme».

Cuando terminé de leer estos renglones, sentí que se me iba la cabeza. Mis labios se pusieron lívidos y empecé a temblar. El maldito francés me observaba con aire de intensa circunspección, apartando la mirada como si no quisiera ver mi desazón. Hubiera sido mejor que se riera abiertamente de mí.

— Bien —respondí—, diga a mademoiselle que no se preocupe. Permítame, sin embargo, hacerle una pregunta

—añadí con aspereza—: ¿por qué ha tardado tanto en entregarme esta nota? En lugar de tantas trivialidades, creo que habría sido mejor empezar con esto... si, en efecto, vino con ese encargo.

— Ah, yo quería... Todo esto es tan insólito que espero que me disculpe por mi impaciencia natural. Quise averiguar personalmente cuáles eran sus intenciones. Pero como no conozco el contenido de esa nota, pensé que no corría prisa entregársela.

— Comprendo. Así que, sencillamente, le ordenaron entregarla solo como último recurso, y no hacerlo si lograba convencerme de palabra. ¿Es eso? ¡Sea franco, monsieur Des Grieux!

— *Peut—être* [23] —dijo, adoptando un aire muy comedido y dirigiéndome una mirada peculiar.

Cogí el sombrero; él hizo una leve inclinación de cabeza y salió. Me pareció que llevaba una sonrisa burlona en los labios. ¿Acaso cabía esperar otra cosa?

— Tú y yo, franchute, aún tenemos cuentas pendientes. Ya veremos quién puede más —murmuré mientras bajaba las escaleras. Aún no entendía qué era lo que había causado tal mareo en mí. El aire fresco me ayudó un poco.

Un par de minutos después, cuando apenas comenzaba a pensar con claridad, dos pensamientos luminosos surgieron en mi mente: primero, que unas simples tonterías, unas amenazas infantiles lanzadas al azar anoche, habían provocado un desasosiego general; y

23 Quizás.

segundo, ¿qué clase de influencia tenía este francés sobre Polina? Bastaba con que él dijera una palabra para que ella hiciera todo lo que él necesitaba: me escribía una nota y hasta me suplicaba. Sus relaciones, por supuesto, siempre habían sido un enigma para mí, desde el principio mismo, desde que los conocí. Sin embargo, en los últimos días había notado en ella una evidente aversión, por no decir desprecio, hacia él. Por su parte, él apenas se fijaba en ella y la trataba con la grosería más descarada. Yo lo había notado. Polina misma me había hablado de su aversión hacia él, y ahora dejaba escapar revelaciones sumamente significativas. Era evidente que él simplemente la tenía en su poder; que ella, por algún motivo, era su cautiva...

Capítulo 8

En la *promenade*, como llaman aquí a la avenida de los castaños, me encontré con mi inglés.

— ¡Oh, oh! —dijo al verme—. Iba a verle y usted venía a verme a mí. ¿Así que se ha separado de los suyos?

— Primero, dígame cómo lo sabe —pregunté asombrado—. ¿O es que ya lo sabe todo el mundo?

— ¡Oh, no! Nadie lo sabe, ni tiene por qué saberlo. Nadie habla de ello.

— ¿Entonces, cómo lo sabe usted?

— Lo sé, es decir, me he enterado por casualidad. Y ahora, ¿adónde irá desde aquí? Le tengo aprecio y por eso iba a verle.

— Es usted un hombre excelente, míster Astley —respondí (pero, por otra parte, aquello me desconcertó: ¿de quién lo había sabido?)—. Y como todavía no he tomado café y usted, seguramente, tampoco lo ha disfrutado, vayamos al café del Casino. Nos sentamos, fumamos, yo le cuento y… usted me cuenta.

El café estaba a cien pasos. Nos sirvieron café, nos sentamos y encendí un cigarrillo. Míster Astley no fumó y, mirándome fijamente a los ojos, se dispuso a escuchar.

— No voy a ninguna parte —comencé diciendo—. Me quedo aquí.

— Estaba seguro de que se quedaría —dijo míster Astley con tono aprobatorio.

Al dirigirme a verlo, no tenía intención de hablarle sobre mi amor por Polina. Es más, no quería decirle nada al respecto. Durante esos días apenas había mencionado el tema. Además, era muy reservado. Desde el primer momento me di cuenta de que Polina le había causado una profunda impresión, aunque jamás pronunciaba su nombre. Pero, cosa curiosa, ahora, de repente, en cuanto se sentó frente a mí y fijó en mí sus ojos acerados, sentí un impulso inexplicable de contárselo todo, es decir, todo mi amor, con todos sus matices. Hablé durante media hora, lo que me resultó sumamente agradable. Era la primera vez que hablaba de ello. Al notar que se turbaba ante algunos de los pasajes más ardientes, deliberadamente acentué el ardor de mi narración. De una cosa me arrepiento: tal vez hablé del francés más de lo necesario…

Míster Astley me escuchó inmóvil, sentado frente a mí, sin decir una sola palabra ni emitir sonido alguno, con sus ojos fijos en los míos. Pero cuando empecé a hablar del francés, me interrumpió de pronto y me preguntó severamente si me consideraba con derecho a aludir a un tema que nada tenía que ver conmigo. Míster Astley siempre hacía preguntas de manera muy peculiar.

— Tiene usted razón. Me temo que no —respondí.

— ¿De ese marqués y de miss Polina no tiene nada concreto que decir? ¿Solo conjeturas?

Una vez más me sorprendió que un hombre tan reservado como míster Astley hiciera una pregunta tan directa.

— No, nada concreto —contesté—; nada, por supuesto.

— En tal caso, ha hecho usted mal no solo en hablarme de ello, sino incluso en pensarlo —dijo míster Astley.

— Bueno, bueno, lo reconozco; pero ahora no se trata de eso —interrumpí, sorprendido conmigo mismo. Entonces le conté toda la historia de ayer, con todos sus detalles: la ocurrencia de Polina, mi encuentro con el barón, mi despido, la insólita cobardía del general y, finalmente, le relaté minuciosamente la visita de Des Grieux esa misma mañana, sin omitir un solo detalle. En conclusión, le mostré la nota.

— ¿Qué piensa de esto? —le pregunté—. He venido precisamente para saber lo que opina. Por mi parte, creo que hubiera matado a ese franchute y quizá todavía lo haga.

— Yo también —dijo míster Astley—. En cuanto a Miss Polina, sabe usted que, a veces, nos vemos obligados a tratar incluso con personas que detestamos, si la necesidad nos obliga. Puede haber relaciones que desconocemos y que dependan de circunstancias ajenas al caso. Creo que puede estar tranquilo, al menos en parte. Ahora bien, la conducta de ella ayer, sin duda, es extraña. No porque quisiera librarse de usted exponiéndolo al garrote del barón (que, por cierto, no sé por qué no utilizó, aunque lo tenía en la mano), sino porque semejante travesura en una joven tan… tan excelente, no resulta decorosa. Claro que no podía imaginar que usted llevaría literalmente a cabo sus caprichos…

— ¿Sabe usted? —exclamé de repente, clavando la mirada en míster Astley—. Me parece que ya sabía todo esto. ¿Y sabe quién se lo ha contado? La misma Miss Polina.

Míster Astley me miró extrañado.

— Le brillan los ojos y en ellos veo la sospecha —dijo, y enseguida volvió a su calma habitual—. Pero no tiene usted el menor derecho a expresar esas sospechas. No puedo reconocerle ese derecho y me niego rotundamente a responder a su pregunta.

— ¡Bueno, basta! ¡Además, no es necesario! —respondí, visiblemente agitado y sin entender del todo por qué se me había ocurrido aquella idea. ¿Cuándo, dónde y cómo podría haber elegido Polina a míster Astley como confidente? Sin embargo, en los últimos días había perdido de vista a Astley en varias ocasiones, y Polina siempre había sido un enigma para mí. Un enigma tal que, mientras le contaba a Astley la historia de mi amor, me di cuenta, con asombro, de que apenas podía decir algo claro y concreto sobre mi relación con ella. Por el contrario, todo parecía ilusorio, extraño, sin fundamento alguno y totalmente diferente a cualquier otra cosa.

— Bueno, bueno, estoy desvariando; ahora mismo no puedo sacar nada en limpio —dije, como si me faltara el aliento—. En cualquier caso, usted es una buena persona. Ahora, cambiemos de tema, y le pido, no un consejo, sino su opinión.

Callé un momento antes de continuar.

— Según su opinión, ¿por qué se asustó tanto el general? ¿Por qué han convertido mi tontería en algo tan exagerado que los ha sacado de quicio a todos? Tanto, que hasta el propio Des Grieux, que solo interviene en los casos más importantes, sintió la necesidad de hacerlo: vino a verme, ¡me visitó! ¡A mí, él, Des Grieux, me suplicó! Por último, fíjese en que vino a las nueve, y que la nota de Miss Polina ya estaba en sus manos. Entonces, cabe preguntarse: ¿cuándo fue escrita? ¡Quizá despertaron a Miss Polina para que la escribiera! Salvo deducir de todo esto que Miss Polina es su esclava (¡porque incluso me pide perdón a mí!), salvo eso, ¿qué le importa a ella este asunto, personalmente? ¿Por qué está tan interesada? ¿Por qué se asustaron tanto de un barón cualquiera? ¿Y qué tiene que ver que el general se case con Mademoiselle Blanche de Cominges? Dicen que, precisamente por eso, necesita comportarse de una manera especial, pero convendrá usted conmigo en que esto es ya demasiado especial.

— ¿Qué piensa usted? Por lo que veo en sus ojos, estoy seguro de que sabe más de esto que yo.

Míster Astley sonrió y asintió con la cabeza.

— En efecto, creo saber mucho más que usted sobre este asunto —respondió—. Aquí se trata únicamente de Mademoiselle Blanche, y estoy seguro de que es la pura verdad.

— ¿Pero por qué Mademoiselle Blanche? —pregunté, impaciente. (De repente, albergaba la esperanza de que ahora se revelara algo acerca de Polina).

— Me parece que, en este momento, Mademoiselle Blanche tiene especial interés en evitar a toda costa un encuentro con el barón y la baronesa, sobre todo porque sería muy desagradable, si no escandaloso.

— ¿Qué me dice?

— Hace dos años, Mademoiselle Blanche ya estuvo aquí, en Roulettenberg, durante la temporada. Yo también estaba por aquí. Mademoiselle Blanche no se llamaba entonces Mademoiselle de Cominges y, por el mismo motivo, tampoco existía su madre, madame veuve Cominges. Al menos, nadie la mencionaba. Des Grieux… tampoco había Des Grieux. Estoy profundamente convencido de que no solo no hay parentesco entre ellos, sino que ni siquiera se conocen desde hace mucho. Y ese título de marqués Des Grieux… estoy seguro de que empezó a usarlo hace poco. Conozco a alguien aquí que lo conoció bajo otro nombre.

— ¿Pero no es cierto que tiene un respetable círculo de amistades?

— ¡Podría ser! También Mademoiselle Blanche podría tenerlo. Sin embargo, hace dos años, tras una queja de esta misma baronesa, fue invitada por la policía local a abandonar la ciudad, y así lo hizo.

— ¿Cómo ocurrió eso?

— Llegó primero acompañada de un italiano, un príncipe o algo así, con un nombre histórico, Barberini o algo parecido. Estaba cubierto de anillos y joyas, que, por cierto, eran auténticos. Iban y venían en un espléndido carruaje. Mademoiselle Blanche jugaba con éxito a *trente et quarante*, pero luego su suerte cambió radicalmente, si no recuerdo mal. Me acuerdo de que una noche perdió una cantidad muy elevada. Pero lo peor fue que, *un beau matin* [24] su príncipe desapareció sin dejar rastro. Los caballos y el carruaje también desaparecieron. Todo

24 Una buena mañana.

desapareció. En el hotel debían una suma considerable. Mademoiselle Zelmà (porque en lugar de Barberini empezó a llamarse de pronto Mademoiselle Zelmà) daba muestras de la más profunda desesperación. Gritaba y se lamentaba por todo el hotel, y de rabia llegó a desgarrar su vestido. En el hotel había entonces un conde polaco (todos los viajeros polacos son condes), y mademoiselle Blanche, con aquello de rasgar su vestido y arañarse el rostro como una gata con sus bellas y perfumadas manos, dejó en él alguna impresión. Conversaron, y para la hora de la comida ya había recuperado la calma. Esa noche, ambos se presentaron juntos en el casino. Mademoiselle Zelmà, como era su costumbre, reía con estrépito, y en sus maneras había aún más desenvoltura que antes. Se integró de inmediato en esa clase de damas que, al acercarse a la mesa de la ruleta, dan fuertes codazos a los jugadores para hacerse un sitio. Aquí, entre esas señoras, eso se considera especialmente *chic*. Usted lo habrá notado, sin duda.

— Sí.

— No vale la pena mencionarlo. Por desgracia para las personas decentes, estas damas no desaparecen, al menos no mientras sigan cambiando billetes de mil francos en la mesa. Pero cuando dejan de cambiarlos, las invitan a marcharse de inmediato. Mademoiselle Zelmà seguía cambiando billetes, pero la fortuna le fue aún más adversa. Note que estas señoras a menudo juegan con éxito porque saben dominarse de manera asombrosa. Pero mi historia llega a su fin. Llegó un momento en que, al igual que el príncipe, el conde también desapareció. Una noche,

Mademoiselle Zelmà se presentó sola a jugar; esa vez nadie le ofreció el brazo. En dos días perdió todo lo que le quedaba. Cuando arriesgó su último *louis d'or* y lo perdió, miró a su alrededor y vio al barón Burmerhelm observándola atentamente, con indignación. Pero Mademoiselle Zelmà no notó su enfado y, con su habitual sonrisa, le pidió al barón que pusiera diez *louis d'or* al rojo por ella. Como resultado, y tras la queja de la baronesa, esa misma noche fue invitada a no regresar más al Casino. Si le sorprende que conozca estos detalles tan nimios e indecorosos, sepa que, en su versión definitiva, los escuché de labios de míster Feeder, un pariente mío que esa misma noche llevó en coche a Mademoiselle Zelmà de Roulettenburg a Spa. Ahora, mire: Mademoiselle Blanche quiere ser generala, seguramente para no recibir en adelante invitaciones como la que recibió hace dos años de la policía del Casino. Ya no juega, pero es porque, según parece, ahora tiene un capital que presta usureramente a los jugadores locales. Es mucho más prudente. Hasta sospecho que el infeliz general le debe dinero. Quizá también Des Grieux le deba algo. Puede incluso que ella y Des Grieux trabajen juntos. Comprenderá usted que, al menos hasta la boda, no quiera atraer de ningún modo la atención del barón y la baronesa. En resumen, en su situación, nada sería menos conveniente que un escándalo. Usted está vinculado a ese grupo, y sus acciones podrían provocar ese escándalo, más aún porque ella aparece diariamente en público del brazo del general o acompañada de Miss Polina. ¿Lo entiende ahora?

— No, no lo entiendo —exclamé, golpeando la mesa con tal fuerza que el *garçon*[25], alarmado, acudió corriendo.
— Dígame, míster Astley —dije con arrebato—, si ya conocía toda esta historia y, por lo tanto, sabe perfectamente quién es Mademoiselle Blanche de Cominges, ¿cómo es que no me lo advirtió? A mí, al menos. Luego, al general. Y sobre todo, a Miss Polina, que aparece aquí en el Casino, en público, del brazo de Mademoiselle Blanche. ¿Cómo es posible?
— No tenía por qué advertirle, ya que usted no podía hacer nada —replicó tranquilamente míster Astley—. Y, además, ¿de qué le iba a advertir? Es posible que el general sepa más sobre Mademoiselle Blanche que yo, y aun así se pasea con ella y con Miss Polina. El general es un pobre diablo. Ayer vi que Mademoiselle Blanche iba montada en un espléndido caballo, junto con míster Des Grieux y ese pequeño príncipe ruso, mientras que el general iba detrás de ellos en un caballo castaño. Por la mañana decía que le dolían las piernas, pero estaba muy erguida en la silla. En ese momento pensé que ese hombre está en la ruina total. Además, nada de esto tiene que ver conmigo. Solo recientemente he tenido el honor de conocer a Miss Polina. Por otro lado —dijo míster Astley, serenándose—, ya le advertí que no reconozco su derecho a hacer ciertas preguntas, aunque le tengo verdadero aprecio.
— Basta —dije, levantándome—. Ahora está perfectamente claro para mí que también Miss Polina sabe todo

25 Camarero

lo referente a Mademoiselle Blanche, pero no puede separarse de su francés. Tenga usted la seguridad de que ninguna otra influencia podría hacer que se paseara con Mademoiselle Blanche y me suplicara en una nota que no provocara al barón. Esa debe ser precisamente la influencia a la que todos se inclinan. ¡Y pensar que fue ella quien me incitó contra el barón! ¡No hay demonio que lo entienda!

— Olvida usted, en primer lugar, que Mademoiselle de Cominges es la prometida del general, y en segundo lugar, que Miss Polina, hijastra del general, tiene un hermano y una hermana pequeños, hijos del general, a quienes este hombre chiflado tiene completamente abandonados y, según parece, ha despojado de sus bienes.

— ¡Sí, sí, eso es! Apartarse de los niños significa abandonarlos por completo; quedarse significa proteger sus intereses y, quizá, salvar algún jirón de la hacienda. ¡Sí, sí, todo eso es cierto! Y, sin embargo, ¡sin embargo! ¡Ah, ahora entiendo por qué todos se interesan tanto por la abuelita!

— ¿Por quién?

— Por esa vieja bruja de Moscú que no se muere, y acerca de la cual esperan recibir un telegrama anunciando su muerte.

— ¡Ah, sí, claro! Todos los intereses convergen en ella. Todo depende de la herencia. En cuanto se anuncie la herencia, el general se casa; Miss Polina queda libre, y Des Grieux…

— ¿Y Des Grieux qué?

— A Des Grieux se le pagará su dinero; no es otra cosa lo que está esperando aquí.

— ¿Sólo eso? ¿Cree usted que espera solo eso?

— No tengo la menor idea —dijo míster Astley, guardando un obstinado silencio.

— Pues yo sí, yo sí —repetí con rabia—. Espera también la herencia, porque Polina recibirá una dote y, en cuanto tenga el dinero, correrá a sus brazos. ¡Así son todas las mujeres! Incluso las más orgullosas acaban siendo las esclavas más indignas. Polina solo es capaz de amar con pasión, y nada más. ¡Ahí tiene mi opinión de ella! Mírela, sobre todo cuando está sentada sola, pensativa… ¡es como si estuviera predestinada, sentenciada, maldita! Es capaz de echarse encima todos los horrores de la vida y de la pasión… es… es… ¿pero quién me llama? —exclamé de repente—. ¿Quién grita? He oído gritar en ruso: «¡Aleksei Ivanovich!». Una voz de mujer. ¡Oiga, oiga!

Para entonces ya habíamos llegado al hotel. Sin darnos cuenta, habíamos salido del café hacía rato.

— He oído gritos de mujer, pero no sé a quién llamaban. Y en ruso. Ahora veo de dónde vienen —dijo míster Astley, señalando con el dedo—. Es aquella mujer la que grita, la que está sentada en ese sillón que los lacayos acaban de subir por la escalinata. Tras ella están subiendo maletas, lo que quiere decir que acaba de llegar en el tren.

— ¿Pero por qué me llama a mí? ¡Ahí va otra vez, sigue gritando! Mire, nos está haciendo señas.

— Ya veo que nos está saludando —respondió míster Astley.

— ¡Aleksei Ivanovich! ¡Aleksei Ivanovich! ¡Ay, Dios, se habrá visto semejante mastuerzo! —se oían gritos desesperados desde la escalinata del hotel.

Fuimos casi corriendo al pórtico. Y cuando llegué al descansillo, caí redondo de la sorpresa y me quedé clavado al suelo.

Capítulo 9

En el descansillo superior de la amplia escalinata del hotel, llevada peldaños arriba en un sillón, rodeada de criados, doncellas y el numeroso y servil personal del hotel, en presencia del Oberkellner, que había salido a recibir a una visitante ilustre que llegaba con tanta bulla y alharaca, acompañada de su propia servidumbre y un sinfín de baúles y maletas, sentada como una reina en su trono estaba... la abuela. Sí, ella misma: formidable y rica, con sus setenta y cinco años a cuestas, Antonida Vasilyevna Tarasevicheva, terrateniente y aristócrata moscovita, la *baboulinka*, acerca de la cual se enviaban y recibían telegramas, supuestamente moribunda pero evidentemente no muerta, apareciendo de repente en persona entre nosotros como caída del cielo. La transportaban en un sillón debido a sus piernas, que ya no le respondían, como siempre en estos últimos años. Pero, también como siempre, seguía marrullera, briosa, pagada de sí misma, erguida en su asiento, vociferante, autoritaria y regañona con todos; en fin, exactamente como había tenido el honor de verla las dos veces que me encontré con ella desde que entré como tutor en casa del general. Como es de suponer, me quedé paralizado de asombro. Me había divisado a cien pasos de distancia mientras la llevaban en el sillón, me había reconocido con sus ojos de lince y me llamó por mi nombre y patronímico, detalle que, como era su costumbre, recordaba de una vez para siempre.

— ¡Y a ésta! —pensé—. ¡Esperaban verla en un ataúd, enterrada y dejando tras sí una herencia! ¡Pero si es ella la que nos enterrará a todos y al hotel entero! ¡Santo Dios! ¿Qué será ahora de nuestra gente? ¿Qué será del general? ¡Va a poner el hotel patas arriba!

— Bueno, amigo, ¿por qué estás plantado ahí con esos ojos saltones? —continuó gritando la abuela—. ¿Es que no sabes dar la bienvenida? ¿No sabes saludar? ¿O es que el orgullo te lo impide? ¿Quizá no me has reconocido? ¿Oyes, Potapych? —dijo volviéndose a su mayordomo, un viejo canoso de calva rosada, vestido con frac y corbata blanca, que la acompañaba siempre en sus viajes—. ¿Oyes? ¡No me reconoce! ¡Ya me daban por muerta! Han estado mandando un telegrama tras otro: "¿Ha muerto o no ha muerto?". ¡Pero si lo sé todo! Y yo, como ves, vivita y coleando.

— Por Dios, Antonida Vasilyevna, ¿por qué iba yo a desearle nada malo? —respondí con alegría al recobrarme—. Era solo la sorpresa... ¿y cómo no asombrarse cuando tan inesperadamente...?

— ¿Y qué tiene de maravilloso? Me subí al tren y vine. En el vagón se va muy cómoda, sin traqueteos. ¿Has estado de paseo?

— Sí, me he acercado al Casino.

— Esto está bonito —dijo la abuela, mirando a su alrededor—. El aire es tibio y los árboles son hermosos. Me gusta. ¿Está la familia en casa? ¿El general?

— Sí, en casa. A esta hora estarán todos, seguro.

— ¿Y qué? ¿Lo hacen todo aquí según el reloj y con ceremonia? ¡Quieren darse tono! ¡Me han dicho que tienen

coche, *les seigneurs russes*! [26] Se gastan lo que tienen y luego se van al extranjero. ¿Praskovya también está con ellos?
— Sí, Polina Aleksandrovna está también.
— ¿Y el franchute? En fin, ya los veré a todos. Aleksei Ivanovich, muéstrame el camino y vamos directos allá. ¿Lo pasas bien aquí?
— Así, así, Antonida Vasilyevna.
— Tú, Potapych, dile a ese mentecato de Kellner que me preparen una habitación cómoda, bonita y en un piso bajo, y lleva las cosas allí enseguida. ¿Pero por qué quiere toda esta gente llevarme? ¿Por qué se meten donde no los llaman? ¡Pero qué gente más servil! ¿Quién es ese que está contigo? —preguntó dirigiéndose de nuevo a mí.
— Este es míster Astley —contesté.
— ¿Y quién es míster Astley?
— Un viajero y un buen amigo mío; amigo también del general.
— Un inglés. Por eso me mira de hito en hito y no abre los labios. A mí, sin embargo, me gustan los ingleses. Bueno, levantadme y arriba; derechos al cuarto del general. ¿Por dónde cae?
Cargaron con la abuela. Yo iba delante por la ancha escalera del hotel. Nuestra comitiva era un verdadero espectáculo. Todos los que se cruzaban con nosotros se detenían y nos miraban con ojos desorbitados. Nuestro hotel era considerado el mejor, el más caro y el más aristocrático del balneario. En la escalera y en los pasillos

26 Los señores rusos.

se veía continuamente a damas espléndidas e ingleses de porte digno. Muchos preguntaban abajo al Oberkellner, también visiblemente impresionado. Este, por supuesto, respondía que era una extranjera de alto rango, *une russe, une comtesse, grande dame* [27], que se alojaría en los mismos aposentos que una semana antes había ocupado *la grande duchesse de N* [28]. El aspecto imperioso e imponente de la abuela, transportada en un sillón, era lo que causaba mayor impresión. Cuando se encontraba con alguien nuevo, lo observaba con una mirada inquisitiva y me hacía preguntas en voz alta sobre esa persona. La abuela tenía un carácter enérgico y, aunque no se levantaba del sillón, su figura transmitía la sensación de ser una mujer de elevada estatura. Mantenía la espalda erguida como un huso y no se apoyaba en el respaldo del asiento. Llevaba la cabeza alta; una cabeza grande y canosa, de rasgos fuertes y marcados. Había algo arrogante y provocador en su mirada, y era evidente que tanto sus gestos como su expresión eran absolutamente naturales. A pesar de sus setenta y cinco años, tenía el rostro sorprendentemente fresco y hasta la dentadura en buen estado. Vestía un sobrio vestido negro de seda y una cofia blanca.

— Me interesa extraordinariamente —murmuró míster Astley, que subía a mi lado.

«Ya sabe lo de los telegramas», pensé. «También conoce a Des Grieux, pero parece que no sabe mucho sobre

27 Una rusa, una condesa, una gran dama.

28 La gran duquesa de N.

Mademoiselle Blanche». Le informé brevemente al respecto.

¡Pecador de mí! En cuanto me repuse de la sorpresa inicial, me alegré sobremanera del golpe feroz que íbamos a asestar al general en cuestión de instantes. Era como un estimulante, y yo iba a la cabeza de la comitiva con singular entusiasmo.

Nuestra gente estaba instalada en el tercer piso. No anuncié nuestra llegada ni llamé a la puerta; simplemente la abrí de par en par y entraron con la abuela en triunfo. Todo el mundo estaba allí reunido, como si fuera a propósito, en el gabinete del general. Eran las doce, y al parecer planeaban una excursión: unos en coche, otros a caballo; toda la pandilla. Además, habían invitado a algunos conocidos. Además del general, Polina con los niños y la niñera, estaban presentes Des Grieux, Mademoiselle Blanche, una vez más en traje de amazona, su madre madame veuve Cominges, el pequeño príncipe y un erudito alemán que viajaba con ellos y con quien coincidí por primera vez en su casa. Colocaron el sillón de la abuela en el centro del gabinete, a tres pasos del general. ¡Dios mío, nunca olvidaré la impresión que causó aquello! El general estaba contando algo cuando entramos, y Des Grieux le corregía. Desde hacía dos o tres días, Des Grieux y Mademoiselle Blanche cortejaban abiertamente al pequeño príncipe, sin disimulo *à la barbe du pauvre général*[29],lo que daba al grupo, aunque quizá con esfuerzo

29 Delante de las narices del pobre general.

calculado, un aire de cordialidad familiar. Al ver a la abuela, el general perdió el habla y quedó en mitad de una frase, con la boca abierta. Sus ojos desencajados estaban fijos en la abuela, como hipnotizado por la mirada de un basilisco. La abuela, inmóvil, lo observaba en silencio, pero con una expresión triunfal, provocadora y burlona. Así permanecieron mirándose durante diez largos segundos, en absoluto silencio. Des Grieux, al principio estupefacto, pronto mostró una inquietud evidente en su rostro. Mademoiselle Blanche, con las cejas enarcadas y la boca entreabierta, miraba a la abuela como aturdida. El príncipe y el erudito, ambos visiblemente confundidos, observaban la escena sin atreverse a intervenir. El rostro de Polina reflejaba una extraordinaria sorpresa y perplejidad. De repente palideció hasta quedar como la cera, pero un instante después la sangre volvió de golpe a sus mejillas. ¡Sí, aquello era una catástrofe para todos! Yo no podía dejar de pasear la mirada entre la abuela y los presentes, y viceversa. Míster Astley, como era su costumbre, se mantenía apartado, tranquilo y digno.

—¡Bueno, aquí estoy! ¡En lugar de un telegrama! —exclamó por fin la abuela, rompiendo el silencio—. ¿Qué, no me esperabais?

—Antonida Vasilyevna... tía... ¿pero cómo...? —balbuceó el infeliz general. Si la abuela no le hubiera hablado, quizá le habría dado una apoplejía en cuestión de segundos.

— ¿Cómo que cómo? Me metí en el tren y vine. ¿Para qué sirve el ferrocarril? ¿Y vosotros pensabais que ya había estirado la pata y que os había dejado una fortuna?

Ya sé que mandabas telegramas desde aquí; buen dinero te habrán costado, porque desde aquí no son baratos. Me eché las piernas al hombro y aquí estoy. ¿Es éste el francés? ¿Monsieur Des Grieux, por lo visto?

— Oui, madame —confirmó Des Grieux— *et croyez je suis si enchanté… votre santé… c'est un miracle… vous voir ici, une surprise charmante…*[30]

— Sí, sí, *charmante*. Ya te conozco, farsante, ¡no me fío de ti ni tanto así! —y le mostró el dedo meñique—. ¿Y esta, quién es? —dijo volviéndose y señalando a Mademoiselle Blanche. La llamativa francesa, en traje de amazona y con el látigo en la mano, evidentemente la impresionó—. ¿Es de aquí?

— Es Mademoiselle Blanche de Cominges y esta es su madre, madame de Cominges. Se hospedan en este hotel —respondí.

— ¿Está casada la hija? —preguntó la abuela, sin pararse en barras.

— Mademoiselle de Cominges es *soltera* [31] —contesté lo más cortésmente posible y, a propósito, en voz baja.

— ¿Es alegre?

No entendí de inmediato la pregunta.

---

30 Sí, señora, y créame que estoy tan contento... su salud... es un milagro... verle aquí, una encantadora sorpresa...

31 La traducción correcta seria doncella, pero al no ser actualmente de uso común como virgen, podría confundirse con criada. Se opta por soltera.

— ¿No aburre a nadie? ¿Entiende el ruso? Porque cuando Des Grieux estuvo con nosotros en Moscú llegó a chapurrearlo un poco.

Le expliqué que mademoiselle de Cominges no había estado nunca en Rusia.

— Bonjour! —dijo la abuela, encarándose bruscamente con Mademoiselle Blanche.

— Bonjour, madame! —respondió Mademoiselle Blanche con elegancia y ceremonia, haciendo una leve reverencia. Bajo la inusitada modestia y cortesía se apresuró a manifestar, con la expresión de su rostro y figura, el extraordinario asombro que le causaba una pregunta tan extraña y un comportamiento semejante.

— ¡Ah, ha bajado los ojos, es amanerada y artificiosa! Ya se ve qué clase de pájaro es: una actriz de esas. Estoy abajo, en este hotel —dijo dirigiéndose al general—, seré vecina tuya. ¿Estás contento o no?

— ¡Oh, tía! Puede creer en mi sincera satisfacción... —dijo el general, cogiendo al vuelo la pregunta. Ya había recuperado en parte su presencia de ánimo, y como sabía hablar bien cuando se le daba la oportunidad, con gravedad y cierta pretensión de persuadir, se preparó a declamar—. Hemos estado tan afectados y alarmados con las noticias sobre su estado de salud... Recibimos telegramas que daban tan poca esperanza, y de pronto...

— ¡Pues mientes, mientes! —interrumpió de inmediato la abuela.

— ¿Pero cómo es —interrumpió a su vez el general, levantando la voz y tratando de no reparar en ese "mientes"—, cómo es que, a pesar de todo, decidió usted emprender un viaje como este? Reconozca que, a sus años y con su salud... en fin, ha sido tan inesperado que no es de extrañar nuestro asombro. Pero estoy tan contento...; y todos nosotros —añadió con una sonrisa afable y seductora— haremos todo lo posible para que su estancia aquí sea de lo más agradable...

— Bueno, basta; cháchara inútil, tonterías como de costumbre; yo sé bien cómo pasar el tiempo. Pero no te tengo inquina; no guardo rencor. ¿Que cómo vine? No tiene nada de extraordinario. Fue de la manera más sencilla. No sé por qué todos se sorprenden. Hola, Praskovya. ¿Tú qué haces aquí?

— Hola, abuela —dijo Polina acercándose a ella—. ¿Ha estado mucho tiempo en camino?

— ¡Esta sí que ha hecho una pregunta inteligente, en lugar de tantos "ohs" y "ahs"! Pues mira: me tenían en cama día tras día, dándome medicinas sin parar, así que mandé a paseo a los médicos y llamé al sacristán de Nikola, que curó a una campesina con polvos de heno. A mí también me sentaron bien. Sudé abundantemente y me levanté. Luego los médicos alemanes dijeron en coro que debía ir a un balneario extranjero y hacer una cura de aguas. Y pensé: ¿por qué no? Los Zazhigin, esos tontos, se escandalizaron, pero en un día lo dispuse todo. Tomé un vagón particular y vine. ¡Vaya habitaciones que tenéis! ¿De dónde has sacado el dinero, amigo? Porque lo tienes todo hipotecado. ¿Cuántos cuartos le debes a este *franchute*? ¡Si lo sé todo, lo sé todo!

— Yo, tía... —murmuró el general, visiblemente confuso—. Me sorprende, tía... me parece que puedo gestionar mis gastos sin necesidad de que nadie los fiscalice... sin contar que no exceden mis medios, y nosotros aquí...
— ¿Que no exceden tus medios? ¿Y dices eso con toda la cara? ¡Siendo tutor de los niños, les habrás robado hasta el último kopek!
— Después de esto, después de tales palabras... —comenzó el general con una indignación mal contenida— ya no sé qué...
— ¡En efecto, no sabes nada! Seguramente no te apartas de la ruleta aquí. ¿Te lo has jugado todo?
El general quedó tan desconcertado que estuvo a punto de atragantarse con su propia indignación.
— ¿De la ruleta? ¿Yo? ¡Con mi categoría... yo! Por favor, vuelva en sí, tía; quizá todavía sigue usted indispuesta...
— Bueno, mientes, mientes; de seguro que no pueden arrancarte de ella; mientes con toda la boca. Pues yo, hoy mismo, voy a ver qué es eso de la ruleta. Tú, Praskovya, cuéntame lo que hay que ver por aquí; Aleksei Ivanovich me lo enseñará; y tú, Potapych, apunta todos los sitios adonde hay que ir. ¿Qué es lo que se visita aquí? —preguntó volviéndose hacia Polina.
— Aquí cerca están las ruinas de un castillo; luego está el Schlangenberg.
— ¿Qué es ese Schlangenberg? ¿Un bosque?
— No, no es un bosque; es una montaña, con una cumbre...

— ¿Qué es eso de una cumbre?

— El punto más alto de la montaña, un lugar con una barandilla alrededor. Desde allí se disfruta una vista sin igual.

— ¿Y suben sillas hasta la cumbre? No podrán subirlas, ¿verdad?

— ¡Oh, se pueden encontrar porteadores! —contesté yo.

En ese momento entró Fedosya, la niñera, con los hijos del general, a saludar a la abuela.

— ¡Bueno, nada de besos! No me gusta besar a los niños; suelen estar llenos de mocos. Y tú, Fedosya, ¿cómo lo pasas aquí?

— Bien, *mu bien*, Antonida Vasilyevna —replicó Fedosya—. ¿Y a usted cómo le ha ido, doñita? ¡Aquí hemos estado tan preocupados por usted!

— Lo sé, tú eres un alma sencilla. ¿Y estos qué son? ¿Más invitados? —preguntó la abuela, mirando de nuevo a Polina—. ¿Quién es ese tío menudillo de las gafas?

— El príncipe Nilski, abuela —susurró Polina.

— ¿Así que ruso? ¡Y yo que pensaba que no me entendería! ¡Quizá no me haya oído! A míster Astley ya le he visto. ¡Ah, aquí está otra vez! —la abuela le vio y añadió—. ¡Muy buenas! —dijo de repente, dirigiéndose hacia él.

Míster Astley se inclinó en silencio.

—¿Qué me dice usted de bueno? ¡Dígame algo! Tradúcele eso, Praskovya.

Polina lo tradujo.

— Que estoy mirándola con grandísimo gusto y que me alegro de que esté bien de salud —respondió míster Astley con seriedad, pero notable animación.

Cuando Polina tradujo las palabras a la abuela, se notó que a esta le agradaban.

— ¡Qué bien contestan siempre los ingleses! —subrayó la abuela—. A mí, no sé por qué, me han gustado siempre los ingleses; ¡no tienen comparación con los *franchutes*! Venga usted a verme —le dijo de nuevo a míster Astley—. Trataré de no molestarle demasiado. Tradúcele eso y dile que estoy aquí abajo, aquí abajo, ¿me oye?, abajo, abajo —añadió señalando hacia abajo con el dedo.

Míster Astley quedó muy satisfecho con la invitación.

La abuela miró a Polina de pies a cabeza con atención y evidente complacencia.

— Yo podría quererte mucho, Praskovya —le dijo de repente—. Eres una buena chica, mejor que todos ellos, pero con un genio que ¡vaya tela! Pero yo también tengo mi genio. ¡Da la vuelta! ¿Es eso que llevas en el pelo un moño postizo?

— No, abuela, es mi propio pelo.

— Bien, no me gustan las modas absurdas de ahora. Eres muy guapa. Si fuera un señorito, me enamoraría de ti. ¿Por qué no te casas? Pero ya es hora de que me vaya. Me apetece dar un paseo después de tanto vagón… Bueno, ¿qué? ¿Sigues todavía enfadado? —preguntó, mirando al general.

— ¡Por favor, tía, no diga tal cosa! —exclamó el general, rebosante de una alegría ansiosa—. Comprendo que a sus años…

— *Cette vieille est tombée en enfance* [32] —me dijo en voz baja Des Grieux.

32 Esta anciana ha vuelto a la infancia

— Quiero ver todo lo que hay por aquí. ¿Me prestas a Aleksei Ivanovich? —inquirió la abuela, dirigiéndose al general.

— Ah, como quiera, pero yo mismo… y Polina, y monsieur Des Grieux… para todos nosotros será un placer acompañarla…

— *Mais, madame, cela sera un plaisir* [33]—insinuó Des Grieux con una sonrisa encantadora.

— Sí, sí, *plaisir*. Me haces reír, amigo. Pero lo que es dinero, no te doy —añadió, dirigiéndose inopinadamente al general—. Ahora, a mis habitaciones. Quiero echarles un vistazo y después salir a ver todos esos sitios. ¡Hala, levantadme!

Levantaron de nuevo a la abuela, y todos, en grupo, siguieron el sillón mientras bajaban por la escalera. El general iba aturdido, como si le hubieran golpeado en la cabeza con un garrote. Des Grieux caminaba absorto, cavilando algo. Mademoiselle Blanche parecía preferir quedarse, pero por algún motivo decidió unirse a los demás. Tras ella, el príncipe también salió al instante. Arriba, en las habitaciones del general, quedaron únicamente el alemán y madame veuve Cominges.

33 Pero señora, será un placer

Capitulo 10

En los balnearios —y, al parecer, en toda Europa— los gerentes y jefes de comedor de los hoteles no se guían tanto por las preferencias expresas de los huéspedes como por la opinión personal que ellos mismos se forjan de cada visitante. Y conviene subrayar que rara vez se equivocan. No obstante, en el caso de la abuela, parece que se excedieron: le asignaron un alojamiento tan lujoso que resultaba excesivo, cuatro habitaciones espléndidamente amuebladas, con baño, dependencias para la servidumbre, un cuarto privado para la camarera, etc. Por si fuera poco, esas mismas habitaciones habían sido ocupadas la semana anterior por una grande duchesse, hecho que, naturalmente, se comunicaba a los nuevos huéspedes como un argumento de prestigio. Transportaron a la abuela por todas las habitaciones para que las inspeccionara. Ella, sentada en su sillón, examinó cada estancia con detenimiento y rigor. El jefe de comedor, un hombre ya mayor y medio calvo, la acompañó durante la inspección inicial con visible respeto.

No sé por quién tomaron a la abuela, pero, por lo visto, pensaron que era una dama de rango muy elevado y, lo que es más importante, enormemente rica. La inscribieron en el registro simplemente como «*madame la générale princesse de Tarassevitcheva*» [34], aunque jamás había sido princesa.

34 Señora generala la princesa Tarasevicheva.

Su servidumbre, el vagón privado en el que había viajado, la multitud de baúles, maletas e incluso arcones que la acompañaban, todo ello contribuyó a forjar la impresión de su alta posición social. Además, el sillón, el tono agudo de su voz, sus preguntas excéntricas hechas con una desenvoltura que no admitía réplica y, en general, su presencia altiva y autoritaria le granjearon un respeto generalizado. Durante la inspección, la abuela ordenaba detener el sillón de vez en cuando, señalaba algún objeto del mobiliario y dirigía preguntas insólitas al jefe de comedor, quien sonreía atentamente pero comenzaba a amilanarse. La abuela formulaba sus preguntas en un francés bastante rudimentario, por lo que yo, por lo general, tenía que traducir. Las respuestas del jefe rara vez la satisfacían y le parecían inadecuadas; aunque, en justicia, las preguntas de la abuela solían ser desconcertantes y nadie entendía muy bien a qué venían. Por ejemplo, se detuvo frente a un cuadro, una copia mediocre de un conocido original de tema mitológico:

— ¿De quién es este retrato?

El jefe respondió que probablemente era de alguna condesa.

— ¿Cómo es que no lo sabes? ¿Vives aquí y no lo sabes? ¿Por qué está aquí? ¿Y por qué es bizca?

El jefe, atolondrado, no pudo dar una respuesta satisfactoria.

— ¡Vaya mentecato! —comentó la abuela en ruso.

Siguieron adelante. La misma escena se repitió frente a una estatuilla sajona que la abuela examinó minuciosamente antes de ordenar que la retiraran sin dar explicaciones.

Más adelante interrogó al jefe acerca del precio de las alfombras del dormitorio y dónde habían sido tejidas. El jefe prometió informarse.

— ¡Vaya un asno! —murmuró la abuela. Luego dirigió su atención a la cama:

— ¡Qué cama tan suntuosa! Separad las cortinas.

Obedecieron.

— ¡Más, más! ¡Abridlo todo! Quitad las almohadas, las fundas; levantad el edredón.

Dieron vuelta a todo. La abuela inspeccionó cada detalle.

— Menos mal que no hay chinches. ¡Fuera toda esta ropa de cama! Poned la mía y mis almohadas. ¡Todo esto es demasiado elegante! ¿De qué me sirve a mí, vieja como soy, un alojamiento como éste? Me aburriré sola. Aleksei Ivanovich, ven a verme a menudo, cuando termines de dar lección a los niños.

— Yo, desde ayer, ya no estoy al servicio del general —respondí—. Vivo en el hotel por mi cuenta.

— ¿Y eso por qué?

— El otro día llegó de Berlín un barón alemán con su baronesa. Ayer, durante el paseo, hablé con él en alemán sin ajustarme a la pronunciación berlinesa.

— Bueno, ¿y qué?

— Él lo consideró una insolencia y se quejó al general; y el general me despidió ayer.

— ¿Es que tú le insultaste? ¿Al barón, quiero decir? Aunque si lo insultaste, no importa.

— Oh, no. Al contrario. Fue el barón quien me amenazó con su bastón.

— ¿Y tú, baboso, permitiste que se tratara así a tu tutor? —dijo, volviéndose de pronto al general—; ¡y como si eso no bastara, lo has despedido! ¡Veo que todos sois unos pazguatos, todos unos pazguatos!

— No te preocupes, tía —replicó el general con un tono de altiva familiaridad—, que yo sé atender a mis propios asuntos. Además, Aleksei Ivanovich no ha relatado el caso con total fidelidad.

— ¿Y tú lo aguantaste sin más? —me preguntó a mí directamente.

— Yo quería retar al barón a un duelo —respondí lo más modesta y serenamente posible—, pero el general se opuso.

— ¿Por qué te opusiste? —preguntó de nuevo la abuela, esta vez al general—. Y tú, amigo, márchate y ven cuando se te llame —ordenó al jefe de comedor—. No tienes por qué estar aquí con la boca abierta. No soporto esa cara de muñeco de Nuremberg.

El jefe se inclinó y salió, sin haber comprendido en absoluto las "finezas" de la abuela.

— Perdón, tía, ¿acaso es permisible el duelo? —inquirió el general con una pizca de ironía.

— ¿Y por qué no habría de serlo? Los hombres son como gallos: tienen que pelearse. Ya veo que sois todos unos pazguatos. No sabéis ni defender vuestra patria. ¡Vamos, levantadme! Potapych, procura que haya siempre dos porteadores disponibles, contrátalos. No hacen falta más que dos; solo tienen que levantarme en las escaleras, y en la calle pueden empujarme. Explícaselo bien y págales por adelantado, así estarán más atentos. Tú estarás siempre junto a mí, y tú, Aleksei Ivanovich, enséñame quién es ese barón en el paseo. Quiero echarle un vistazo a ese von—barón, aunque sea solo para verle la pinta. ¿Y la ruleta, dónde está?

Le expliqué que las ruletas estaban instaladas en el Casino, en las salas de juego. Comenzó un aluvión de preguntas: ¿Cuántas había? ¿Jugaba mucha gente? ¿Se jugaba todo el día? ¿Cómo estaban dispuestas? Finalmente, le dije que lo mejor sería que lo viera con sus propios ojos, porque describirlo sería demasiado complicado.

— Bueno, pues vamos allí directamente. ¡Tú ve delante, Aleksei Ivanovich!

— ¿Pero cómo, tía? ¿No va usted siquiera a descansar del viaje? —preguntó el general con aparente preocupación. Su tono era solícito, pero se notaba cierta inquietud. En realidad, todos reflejaban cierta confusión y comenzaron a lanzarse miradas entre sí. Les parecía una situación delicada, quizá incluso humillante, acompañar a la abuela directamente al Casino, donde podía cometer alguna excentricidad en público. Sin embargo, todos se ofrecieron a acompañarla.

— ¿Y qué falta me hace descansar? No estoy cansada; además, llevo cinco días seguidos sentada. Después iremos a ver qué manantiales y aguas medicinales hay por aquí y dónde están. Y después… ¿Cómo se llamaba eso, Praskovya…? ¿Pico, no?

— Cumbre, abuela.

— Cumbre; eso, cumbre. ¿Y qué más hay por aquí?

— Hay muchas cosas que ver, abuela —respondió Polina, esforzándose por participar en la conversación.

— ¡Bah, que no lo sabes! Marfa, tú también vendrás conmigo —ordenó a su doncella.

— ¿Pero por qué ella, tía? —interrumpió rápidamente el general, tratando de desviar la situación—. Y, de todos modos, quizá sea imposible. Es posible que ni siquiera dejen entrar a Potapych en el Casino.

— ¡Qué tontería! ¡Dejarla en casa porque es una criada! Es un ser humano como otro cualquiera. Hemos estado una semana viajando sin parar, y ella también quiere ver algo. ¿Con quién habría de verlo sino conmigo? Sola no se atrevería ni a asomar la nariz a la calle.

— Pero, abuela...

— ¿Es que te da vergüenza ir conmigo? Nadie te lo exige; quédate en casa. ¡Pues anda con el general! Si a eso vamos, yo también soy generala. ¿Y por qué viene toda esa caterva tras de mí? Me basta con Aleksei Ivanovich para verlo todo.

Sin embargo, Des Grieux insistió con entusiasmo en que todos la acompañarían y habló con frases amables del placer que supondría ir con ella, etc., etc. Finalmente, todos nos pusimos en marcha.

— *Elle est tombée en enfance* [35] —dijó Des Grieux al general—, *seule elle fera des bêtises* [36]... No alcancé a oír el resto de sus palabras, pero parecía que tenía algo entre ceja y ceja, quizá una esperanza que volvía a renacer.

---

35 Ella ha vuelto a la infancia.

36 Ella solo hará cosas estúpidas.

El trayecto hasta el Casino era de un tercio de milla. Seguimos la avenida de los castaños hasta la glorieta y, tras rodearla, llegamos directamente al Casino. El general pareció tranquilizarse un poco, porque aunque nuestra comitiva era algo excéntrica, conservaba cierta dignidad y decoro. No era raro que una persona de salud frágil, con dificultades para caminar, se dejara ver por el balneario. Sin embargo, era evidente que el general temía la visita al Casino: ¿qué motivo podía tener una anciana tullida para entrar en las salas de juego?

Polina y Mademoiselle Blanche caminaban una a cada lado de la silla de ruedas. Mademoiselle Blanche reía con moderación, mostraba una alegría discreta y, de vez en cuando, bromeaba con amabilidad con la abuela, hasta tal punto que esta terminó hablando de ella con elogios. Polina, al otro lado, tenía que responder a las frecuentes preguntas de la anciana:

— ¿Quién es el que ha pasado? ¿Quién iba en ese coche? ¿Es grande esta ciudad? ¿Y el jardín? ¿Qué clase de árboles son estos? ¿Qué son esas montañas? ¿Hay águilas aquí? ¡Qué tejado tan ridículo!

Míster Astley caminaba a mi lado y me murmuraba que tenía grandes expectativas para esa mañana. Potapych y Marfa marchaban inmediatamente detrás de la silla de ruedas: él, con frac y corbata blanca, pero llevando una gorra; ella, una mujer cuarentona algo sonrosada y con el cabello empezando a encanecer, vestía un chapelete, un vestido de algodón estampado y botas de piel de cabra que crujían al andar. La abuela se volvía con frecuencia hacia ellos y les dirigía la palabra. Des Grieux y el general iban algo rezagados, conversando con evidente animación. El general parecía abatido, mientras que Des Grieux hablaba con energía, probablemente para animarlo o darle algún consejo. Pero la frase fatal de la abuela aún resonaba: «Lo que es dinero no te doy». Quizá Des Grieux la consideraba increíble, pero el general conocía bien a su tía. Noté también que Des Grieux y Mademoiselle Blanche se hacían señas de manera constante. Al príncipe y al viajero alemán los vi a lo lejos, al final de la avenida; se detuvieron y finalmente se separaron de nosotros.

Llegamos al Casino en triunfo. El conserje y los lacayos mostraron el mismo respeto que la servidumbre del hotel, aunque no ocultaban su curiosidad. La abuela ordenó que la llevaran por todas las salas, deteniéndose para expresar aprobación en unas cosas, total indiferencia en otras, y haciendo preguntas sobre todo. Finalmente, llegaron a las salas de juego. El lacayo que vigilaba la puerta cerrada la abrió de par en par, presa de asombro.

La aparición de la abuela ante la mesa de ruleta causó gran impresión en los presentes. En torno a las mesas de ruleta y al extremo opuesto de la sala, donde estaba la mesa de *trente et quarante*, se agolpaban quizás ciento cincuenta o doscientas personas en varias filas. Los que conseguían llegar hasta la mesa solían agruparse estrechamente y no abandonaban su lugar mientras no lo hubieran perdido todo, ya que no se permitía a los mirones ocupar un puesto sin jugar. Aunque había sillas dispuestas alrededor de la mesa, pocos jugadores se sentaban, especialmente en momentos de gran afluencia de público. Permanecer de pie les permitía estar más apretados, ahorrar espacio y realizar las apuestas con mayor comodidad. Las filas segunda y tercera se apiñaban contra la primera, observando y esperando su turno; sin embargo, en su impaciencia, a menudo alargaban las manos entre los huecos para hacer sus apuestas. Incluso los de la tercera fila lograban hacerlo de esa manera. Por ello, no pasaban más de cinco o diez minutos sin que en algún extremo de la mesa surgiera una disputa sobre una apuesta de dudoso origen. La policía del Casino era bastante eficaz. Aunque resultaba imposible evitar las aglomeraciones —que, por otro lado, eran motivo de satisfacción para los administradores por los beneficios que reportaban—, ocho croupiers sentados alrededor de la mesa vigilaban constantemente las apuestas y llevaban las cuentas. En caso de disputas, resolvían los conflictos rápidamente; y si el caso se complicaba, llamaban a la policía, lo que ponía fin al asunto de inmediato. En la sala también se encontraban agentes de paisano, mezclados entre los espectadores para no ser reconocidos. Su principal tarea era vigilar a los carteristas y a los estafadores, que abundaban en las cercanías de la ruleta debido a las oportunidades únicas que ofrecía el lugar para sus actividades. En cualquier otro sitio, un ladrón tiene que abrir bolsillos o forzar cerraduras, lo que, si fracasa, puede resultar bastante problemático. Pero aquí basta con acercarse a la mesa, fingir que se está jugando y, con total descaro, apropiarse de las ganancias ajenas. Si surge una disputa, el ladrón jura y perjura que la apuesta es suya. Si es hábil y los testigos no están seguros, a menudo logra quedarse con el dinero, especialmente si la cantidad es pequeña. En esos casos, el verdadero dueño a veces prefiere marcharse antes que provocar un escándalo. Sin embargo, si se desenmascara al ladrón, se le expulsa del lugar con gran alboroto.

La abuela observaba todo esto con apasionada curiosidad desde lejos. Le encantó ver cómo se llevaban a algunos ladronzuelos. El *trente et quarante* no despertó mucho su interés; lo que más la fascinó fue la ruleta y la bolita girando sobre la mesa. Finalmente, expresó su deseo de acercarse más al juego. No sé cómo ocurrió, pero en poco tiempo, lacayos y otros individuos entrometidos —en su mayoría polacos desafortunados que ofrecían sus servicios a los jugadores afortunados y a los extranjeros— encontraron un lugar junto al croupier principal y despejaron espacio para la abuela, a pesar de la multitud. Llevaron su silla al centro de la mesa, justo al lado del croupier. Una multitud de visitantes que no jugaban pero que observaban desde lejos (en su mayoría ingleses y sus familias) se acercaron de inmediato para contemplar a la abuela. Numerosos impertinentes apuntaron sus lentes hacia ella, y los croupiers comenzaron a esperanzarse: una jugadora tan peculiar prometía algo extraordinario. Una anciana de setenta años, impedida de las piernas y con ganas de jugar, no era algo que se viera todos los días. Yo también me acerqué a la mesa y me coloqué junto a la abuela. Potapych y Marfa se quedaron algo apartados, mezclados entre la gente. El general, Polina, Des Grieux y Mademoiselle Blanche también se situaron a un lado, entre los espectadores.

La abuela comenzó por observar atentamente a los jugadores. A media voz, me hacía preguntas bruscas y desordenadas: "¿Quién es ese? ¿Y esa quién es?". Particularmente, le llamó la atención un joven que jugaba en un extremo de la mesa y del que se murmuraba que ya había ganado hasta cuarenta mil francos, amontonados frente a él en oro y billetes. Estaba pálido, con los ojos brillantes y las manos temblorosas. Apostaba sin contar el dinero, todo lo que alcanzaba a tomar con la mano, y aun así seguía ganando, acumulando cada vez más. A su alrededor, los lacayos se movían solícitos: le acercaron un sillón, despejaron espacio para que estuviera más cómodo y no sufriera los empujones de los demás jugadores. Todo esto con la esperanza de obtener una generosa propina. Algunos jugadores con suerte solían dar gratificaciones a los lacayos sin siquiera contarlas, sacando lo que podían del bolsillo, gozosos. Junto al joven ya se había instalado un polaco servicial que, cortésmente y sin cesar, le susurraba algo, probablemente indicaciones sobre qué apuestas hacer, esperando también recibir una recompensa por sus consejos. Pero el jugador apenas le prestaba atención, hacía sus apuestas al azar y seguía ganando siempre. Parecía evidente que no era consciente de lo que hacía.

La abuela lo observó durante algunos minutos.

— Dile —me indicó de pronto, agitada, dándome un leve codazo—, dile que deje de jugar, que recoja su dinero de inmediato y se marche. ¡Lo va a perder todo, lo perderá enseguida! —me urgió, casi sofocada por la ansiedad—. ¿Dónde está Potapych? Manda a Potapych. ¡Díselo, díselo ya! —y volvió a empujarme con el codo—. Pero ¿dónde se ha metido Potapych? *Sortez, sortez*! [37]—empezó a gritarle al joven. Me incliné hacia ella y le dije en voz baja pero firme que no debía gritar de esa manera, que ni siquiera estaba permitido hablar en voz alta, ya que podía perturbar los cálculos de los jugadores, y que si seguía así nos echarían de inmediato.

— ¡Qué lástima! Ese chico está perdido. Quiere perderse él mismo. No puedo mirarlo; me revuelve las entrañas. ¡Qué pazguato! —comentó la abuela, cambiando de inmediato su atención a otra parte de la sala.

En el lado izquierdo de la mesa, hacia el centro, se encontraba una joven dama que jugaba con una especie de enano a su lado. No sabría decir si era un pariente suyo o si lo llevaba consigo para llamar la atención. Ya había notado yo antes a esa mujer: llegaba puntualmente a la mesa de juego todos los días a la una de la tarde y se marchaba a las dos en punto. Jugaba, pues, sólo una hora diaria. Todos la conocían y, apenas llegaba, le ofrecían un sillón. Sacaba de su bolso unas monedas de oro y algunos billetes de mil francos, comenzando a apostar con calma y sangre fría. Calculaba cuidadosamente cada movimiento, anotando cifras con un lápiz en un papel, tratando de encontrar un sistema en los "golpes" de la ruleta. A pesar de apostar cantidades considerables, ganaba siempre:

37 ¡Salga, salga!

uno, dos o, como mucho, tres mil francos al día, y una vez alcanzada esa suma, se retiraba. La abuela la observó durante un largo rato.

— ¡Bueno, ésta no pierde! ¡Ya se ve que no pierde! ¿De qué pelaje es? ¿No lo sabes? ¿Quién es?

— Será una francesa de... bueno, de ésas —murmuré.

— ¡Ah, se conoce al pájaro por su modo de volar! Se ve que tiene buenas garras. Explícame ahora lo que significa cada giro y cómo hay que hacer la puesta.

Le expliqué a la abuela, dentro de lo posible, los significados de las numerosas combinaciones de apuestas: *rouge e noir, pair et impair, manque et passe* [38], y, por último, los diferentes matices del sistema de números. Escuchó con atención, fijó en su mente lo que le dije, hizo nuevas preguntas y se lo aprendió todo. Cada sistema de apuestas podía ilustrarse al instante con un ejemplo práctico, lo que facilitaba que aprendiera con rapidez y facilidad. La abuela quedó muy satisfecha.

— ¿Y qué es eso del *zéro*? ¿Has oído hace un momento a ese croupier de pelo rizado, el principal, gritar *zéro*? ¿Y por qué recogió todo lo que había en la mesa? ¡Y qué montón ha cogido! ¿Qué significa eso?

— El *zéro*, abuela, significa que ha ganado la banca. Si la bola cae en *zéro*, todo cuanto hay en la mesa pertenece sin más a la banca. Es verdad que se puede apostar al *zéro*, pero si no lo hace, perderá todo.

— ¡Pues anda! ¿Y si apuesto yo al zéro, no me darían nada?

38 Rojo y negro, par e impar, falta y pasa.

— No, abuela, si no apuesta específicamente al *zéro*, no ganará nada. Pero si antes de ello hubiera apostado usted al *zéro* y saliera, le pagarían treinta y cinco veces la cantidad de la puesta.

— ¡Cómo! ¿Treinta y cinco veces? ¿Y sale a menudo? ¿Cómo es que los muy tontos no apuestan al *zéro*?

— Tienen treinta y seis posibilidades en contra, abuela.

— ¡Qué tontería! ¡Potapych, Potapych! Espera, que yo también llevo dinero encima; ¡aquí está! — Sacó del bolso un portamonedas bien repleto y de él extrajo un federico de oro—. ¡Hala, pon eso enseguida al *zéro*!

— Abuela, el *zéro* acaba de salir —dije yo—, por lo tanto tardará mucho en volver a salir. Perderá usted dinero. Espere un poco.

— ¡Tontería! Ponlo.

— Está bien, pero quizás no salga hasta la noche; podría usted poner hasta mil y puede que no saliera. No sería la primera vez.

— ¡Tontería, tontería! Quien teme al lobo no entra al bosque. ¿Qué? ¿Has perdido? Pon otro.

Perdimos el segundo federico de oro; apostamos un tercero. La abuela apenas podía estarse quieta en su silla; con ojos ardientes seguía los saltos de la bolita por los orificios de la rueda que giraba. Perdimos también el tercero. La abuela estaba fuera de sí, incapaz de mantenerse tranquila, y hasta golpeó la mesa con el puño cuando el croupier anunció trente—six en lugar del ansiado *zéro*.

— ¡Ahí lo tienes! —exclamó enfadada—. ¿Pero no va a salir pronto ese maldito *zéro*? ¡Que me muera si no me

quedo aquí hasta que salga! La culpa la tiene ese condenado croupier del pelo rizado. Con él no va a salir nunca. ¡Aleksei Ivanovich, pon dos federicos a la vez! Porque si pones tan poco como estás poniendo y sale el *zéro*, no ganas nada.
— ¡Abuela!
— Pon ese dinero, ponlo. No es tuyo.
Aposté dos federicos de oro. La bola giró largo tiempo en la rueda y, finalmente, empezó a rebotar sobre los orificios. La abuela se quedó inmóvil, me apretó la mano con fuerza y, de pronto, ¡pum!
— *¡Zéro*! —anunció el croupier.
— ¿Ves, ves? —exclamó la abuela al momento, volviéndose hacia mí con el rostro resplandeciente de satisfacción—. ¡Ya te lo dije, ya te lo dije! Ha sido Dios mismo el que me inspiró para poner dos federicos de oro. Vamos a ver, ¿cuánto me darán ahora? ¿Pero por qué no me lo dan? ¡Potapych, Marfa! ¿Dónde está nuestra gente? ¡Potapych, Potapych!
— Más tarde, abuela —le dije al oído—. Potapych está a la puerta porque no le permiten entrar aquí. Mire, abuela, le están entregando el dinero, cójalo.
El croupier le alargó un pesado paquete envuelto en papel azul con cincuenta federicos de oro y le dio unos veinte sueltos. Yo, sirviéndome del rastrillo, los amontoné frente a la abuela.
— *Faites le jeu, messieurs! Faites le jeu, messieurs! Rien ne va plus*? [39] —anunció el croupier invitando a hacer apuestas y preparándose para hacer girar la ruleta.

39 ¡Hagan sus apuestas, caballeros! ¡Hagan sus apuestas! ¿Nadie más va?

— ¡Dios mío, nos hemos retrasado! ¡Van a darle a la rueda! ¡Haz la apuesta, hazla! —me apremió la abuela, fuera de sí, dándome fuertes codazos—. ¡Hala, de prisa, no pierdas tiempo!
— ¿A qué lo pongo, abuela?
— ¡Al *zéro*, al *zéro*! ¡Otra vez al zéro! ¡Pon lo más posible! ¿Cuánto tenemos en total? ¿Setenta federicos de oro? No hay por qué guardarlos; pon veinte de una vez.
— ¡Pero serénese, abuela! A veces no sale en doscientas veces seguidas. Le aseguro que todo el dinero se le irá en apuestas.
— ¡Tontería, tontería! ¡Haz la apuesta! ¡Hay que ver cómo le das a la lengua! Sé lo que hago. —Su agitación llegaba hasta el frenesí.
— Abuela, según el reglamento no está permitido apostar al *zéro* más de doce federicos de oro a la vez. Eso es lo que he puesto.
— ¿Cómo que no está permitido? ¿No me engañas? ¡Musié, musié! —dijo tocando con el codo al croupier que estaba a su izquierda y que se disponía a hacer girar la ruleta.— *Combien zéro? douze ? douze*? [40]
Yo aclaré la pregunta en francés.
— Oui, madame —corroboró cortésmente el croupier—. Según el reglamento, ninguna apuesta sencilla puede exceder los cuatro mil florines —agregó para mayor aclaración.
— Bien, no hay nada que hacer. Pon doce —dijo la abuela con resignación.

---

40 ¿Cuanto cero? ¿doce? ¿doce?

— *Le jeu est fait* [41] —gritó el croupier. Giró la ruleta y salió el trece. Habíamos perdido.

— ¡Otra vez, otra vez! ¡Pon otra vez! —gritó la abuela.

Yo ya no la contradije y, encogiéndome de hombros, puse otros doce federicos de oro. La rueda giró largo tiempo. La abuela temblaba, literalmente, siguiendo con la mirada las vueltas de la bolita. ¿Pero de veras cree que ganará otra vez con el *zéro*? —pensaba yo, mirándola perplejo. En su rostro brillaba una inquebrantable convicción de que ganaría, la positiva anticipación de que al instante gritarían:

— ¡Zéro!

— ¡Ya ves! —exclamó la abuela con frenético júbilo, volviéndose hacia mí.

Yo también era jugador; lo sentí en ese mismo instante. Me temblaban los brazos y las piernas, y la cabeza me martilleaba. Ni que decir tiene, se trataba de un caso poco frecuente: en unas diez jugadas había salido el zéro tres veces; aunque en realidad tampoco era tan asombroso. Dos días antes, yo mismo había presenciado cómo salieron tres zéros seguidos, y uno de los jugadores, que anotaba las jugadas con esmero en un papel, comentó en voz alta que el día anterior el zéro había salido solo una vez en veinticuatro horas.

A la abuela, como a cualquiera que ganaba una cantidad considerable, le liquidaron sus ganancias con atención y respeto. Le tocaba cobrar cuatrocientos veinte federicos de oro, es decir, cuatro mil florines y veinte federicos de oro.

---

41 El juego ha terminado.

Le entregaron los veinte federicos en oro y los cuatro mil florines en billetes de banco.

Esta vez, sin embargo, la abuela ya no llamaba a Potapych; no era eso lo que ocupaba su atención. Ni siquiera daba empujones ni temblaba visiblemente; temblaba por dentro, si cabe decirlo. Toda ella estaba absorta en algo:

— ¡Aleksei Ivanovich! ¿Ha dicho ese hombre que solo pueden apostarse cuatro mil florines como máximo en una jugada? Bueno, entonces toma y pon estos cuatro mil al rojo —ordenó la abuela.

Era inútil tratar de disuadirla. Giró la rueda.

— Rouge! —anunció el croupier.

Ganó otra vez, lo que en una apuesta de cuatro mil florines equivalía, por lo tanto, a ocho mil.

—Dame cuatro —decretó la abuela— y pon de nuevo cuatro al rojo.

De nuevo aposté cuatro mil.

— Rouge! —volvió a proclamar el croupier.

— En total, doce mil. Dámelos. Mete el oro aquí en el bolso y guarda los billetes.

— Basta. A casa. Empujad la silla.

Capítulo 11

Empujaron la silla hasta la puerta situada al otro extremo de la sala. La abuela iba radiante. Toda nuestra gente se congregó a su alrededor para felicitarla. Su triunfo había eclipsado gran parte de lo excéntrico de su conducta, y el general ya no temía que la relación de parentesco con tan peculiar señora le comprometiera en público. Con una sonrisa indulgente, en la que había algo de condescendencia festiva, como si tratara con un niño, felicitó a la abuela. Por otra parte, era evidente que, como todos los demás espectadores, él también estaba pasmado. A su alrededor, todos señalaban a la abuela y comentaban sobre ella. Muchos pasaban junto a su silla para observarla de cerca. Míster Astley, apartado del grupo, daba explicaciones sobre ella a dos ingleses conocidos suyos. Algunas damas de alta sociedad, que habían presenciado el juego, la miraban con una mezcla de perplejidad y asombro, como si se tratara de un fenómeno extraordinario. Des Grieux no dejaba de sonreír y prodigarle felicitaciones.

— *Quelle victoire* [42]! —exclamó.

— *Mais, madame, c'était du feu* [43]! —añadió Mademoiselle Blanche con su sonrisa más seductora.

— Pues sí, me puse a ganar y he ganado doce mil florines. ¿Qué digo doce mil? ¡Y el oro! Con el oro llega casi hasta

42 ¡Qué victoria!

43 Pero señora, ¡fue increíble!

trece mil. ¿Cuánto es esto en dinero nuestro? ¿Seis mil, verdad?

Yo expliqué que la suma pasaba de siete mil y que, al cambio actual, tal vez alcanzara los ocho mil.

— ¡Vaya gracia, ocho mil! ¡Y ustedes aquí sentados, holgazanes, sin hacer nada! ¿Lo vieron, Potapych, Marfa?

— ¡Dios mío, señora! ¿Pero cómo ha conseguido eso? ¡Ocho mil rublos! —exclamó Marfa, retorciéndose de gusto.

— ¡Hala, aquí tienen, para cada uno de ustedes, cinco monedas de oro!

Potapych y Marfa se lanzaron a besarle las manos.

— Y a cada uno de los porteadores denle un federico de oro. Dáselos tú en oro, Aleksei Ivanovich. ¿Por qué se inclinan estos lacayos? ¿Y estos otros? ¿Me están felicitando? Pues denles también a cada uno un federico de oro.

— *Madame la princesse... un pauvre expatrié.. malheur continuel.. les princes russes sont si généreux*[44] —murmuraba lisonjero alrededor de la silla un hombre bigotudo, vestido con una levita raída y un chaleco de color chillón, haciendo aspavientos con su gorra y esbozando una sonrisa servil.

— Dale también un federico de oro. No, mejor dale dos. Bueno, basta, con eso nos lo quitamos de encima. ¡Levantadme y vámonos! Praskovya —dijo volviéndose a Polina Aleksandrovna—, mañana te compro un vestido,

44 Señora princesa... un pobre expatriado... una desgracia continua... Los príncipes rusos son tan generosos.

y a esa… ¿cómo se llama? ¿Mademoiselle Blanche, no es eso?, le compro otro. Tradúcele eso, Praskovya.

— *Merci, madame* —dijo Mademoiselle Blanche con una elegante reverencia, aunque torció la boca en una sonrisa irónica que compartió con Des Grieux y el general. Este último, visiblemente avergonzado, pareció aliviado cuando llegamos a la avenida.

— Fedosya…, lo que es Fedosya sé que va a quedar asombrada —dijo la abuela al recordar a la niñera del general, con quien tenía cierta amistad—. También a ella hay que regalarle un vestido. ¡Eh, Aleksei Ivanovich, Aleksei Ivanovich, dale algo a ese mendigo!

Por el camino venía un hombre harapiento, encorvado, que nos observaba.

— Quizá no sea un mendigo, abuela, sino un caradura.

— ¡Dale un gulden; dáselo!

Me acerqué a él y le entregué la moneda. Me miró desconcertado, pero la tomó en silencio. Olía a vino.

— ¿Y tú, Aleksei Ivanovich, todavía no has probado suerte?

— No, abuela.

— Pues vi que te brillaban los ojos.

— Más tarde probaré sin falta, abuela.

— Y vete directo al zéro. ¡Ya verás! ¿Cuánto dinero tienes?

— En total, sólo veinte federicos de oro, abuela.

— No es mucho. Si quieres, toma cincuenta federicos de este mismo rollo. ¡Y tú, amigo, no esperes, que no te voy a dar nada! —dijo de repente, dirigiéndose al general.

El golpe fue duro para el general, pero permaneció en silencio. Des Grieux frunció el ceño.

— *Que diable, cest une terrible vieille*[45]! —Murmuró entre dientes al general.

— ¡Un pobre, un pobre, otro pobre! —gritó la abuela—. Aleksei Ivanovich, dale un gulden a éste también.

Esta vez se trataba de un viejo canoso, con una pata de palo, vestido con una levita azul de vuelo amplio y portando un largo bastón en la mano. Tenía el aspecto de un veterano del ejército. Pero cuando le alargué el gulden, dio un paso atrás y me miró amenazante.

— *Was ist's der Teufel*! [46] —gritó, añadiendo después una retahíla de juramentos.

— ¡Vaya idiota! —exclamó la abuela, despidiéndole con un gesto de la mano—. Sigamos adelante. Tengo hambre. Ahora mismo a comer, luego me echo un rato y después volvemos allá.

—¿Quiere usted jugar otra vez, abuela? —pregunté en voz alta.

—¿Pues qué pensabas? ¿Que porque vosotros estáis aquí mano sobre mano y alicaídos, yo debo pasar el tiempo mirándoos?

—Mais, madame —dijo Des Grieux acercándose—, *les chances peuvent tourner, une seule mauvaise chance et vous perdrez tout.. surtout avec votre jeu… c'était terrible*! [47]

---

45 ¡Qué diablos! Es una vieja terrible.

46 ¡Que diablos!

47 Pero señora, la suerte puede cambiar, sólo una mala racha y perderá todo... especialmente con su estilo de juego... ¡fue terrible!

— *Vous perdrez absolument* [48] —gorjeó mademoiselle Blanche.

— ¿Y eso qué les importa a ustedes? No será su dinero el que pierda, sino el mío. ¿Dónde está ese míster Astley? —me preguntó.

— Se quedó en el Casino, abuela.

— Qué pena. Este sí que es un hombre bueno.

Una vez en el hotel, la abuela, al encontrar en la escalera al Oberkellner, lo llamó y empezó a hablar con vanidad de sus ganancias. Luego llamó a Fedosya, le regaló tres federicos de oro y le ordenó que sirviera la comida. Durante esta, Fedosya y Marfa se desvivieron por atenderla.

— La miro a usted, señora —dijo Marfa en un arrebato—, y le digo a Potapych: "¿Qué es lo que quiere hacer nuestra señora?" Y en la mesa, dinero y más dinero. ¡Dios santo! En mi vida he visto tanto dinero. Y alrededor nuestro todo era señorío, nada más que señorío. "¿Pero de dónde viene todo este señorío?" —le pregunté a Potapych. Y pensé: ¡Que la mismísima Virgen la proteja! Recé por usted, señora, y estaba temblando, toda temblando, con el corazón en la boca, así como lo digo. Dios mío —pensé—, concédeselo, y ya ve usted que el Señor se lo concedió. Todavía sigo temblando, señora, sigo toda temblando.

— Aleksei Ivanovich, después de la comida, sobre las cuatro, prepárate y vamos. Pero adiós por ahora. Y no te olvides de mandarme algún doctor, porque además tengo que tomar las aguas. Y a lo mejor se te olvida.

48 Lo perderá todo.

Me alejé de la abuela como si estuviera ebrio. Intentaba imaginar lo que sería ahora de nuestra gente y qué rumbo tomarían los acontecimientos. Veía claramente que ninguno de ellos (y, en particular, el general) se había recuperado aún de la primera impresión. La aparición de la abuela en lugar del telegrama que esperaban de un momento a otro, anunciando su muerte (y, por ende, la herencia), había destrozado todos sus planes y acuerdos. El esquema de sus designios se había quebrantado de tal forma que, con evidente confusión y algo que rozaba el pasmo, presenciaron las ulteriores hazañas de la abuela en la ruleta. Mientras tanto, este segundo factor era casi tan importante como el primero, porque aunque la abuela había repetido dos veces que no daría dinero al general, ¿quién podía garantizar que cumpliría su palabra? De todos modos, no convenía perder aún la esperanza. No la había perdido Des Grieux, comprometido en todos los asuntos del general. Yo estaba seguro de que Mademoiselle Blanche, que también participaba en esas intrigas (¡cómo no, soñando con ser generala y con una herencia sustanciosa!), tampoco perdería la esperanza y desplegaría ante la abuela todos los recursos de la coquetería, en contraste con las rígidas y torpes muestras de afecto de la altanera Polina. Pero ahora, después de las hazañas de la abuela en la ruleta, ahora que su personalidad se perfilaba tan nítida y peculiarmente (una vieja testaruda y mandona, *et tombée en enfance*), quizá todo estaba perdido. Estaba contenta, como un niño que acaba de dar el golpe, y, como sucede en tales casos, acabaría por perder hasta las pestañas. Dios mío —pensaba yo, y que Dios me perdone por la hilaridad rencorosa—, cada federico de oro que la abuela apostaba era, sin duda, como una daga clavada en el corazón del general. Hacía rabiar a Des Grieux y ponía a mademoiselle de Cominges al borde del frenesí, porque para ella era como quedarse con la miel en los labios. Un detalle más: a pesar de las ganancias y el regocijo, cuando la abuela repartía dinero entre todos y tomaba a cada transeúnte por un mendigo, seguía diciendo al general con desdén: «¡A ti, sin embargo, no te doy nada!». Esto mostraba que estaba firmemente decidida a no cambiar de actitud, que se había prometido a sí misma mantenerse en sus trece. ¡Era peligroso, peligroso!

Llevaba la cabeza llena de estas cavilaciones mientras subía por la escalera principal desde la habitación de la abuela hasta mi cuchitril, en el último piso. Todo ello me preocupaba hondamente. Aunque ya antes había vislumbrado las conexiones principales que enlazaban a los actores de esta trama, lo cierto era que no conocía todos los entresijos ni secretos del juego. Polina nunca se había sincerado plenamente conmigo. Aunque era cierto que, de cuando en cuando y casi a regañadientes, me abría su corazón, también había notado que, con frecuencia, después de tales confidencias, se burlaba de lo dicho o lo tergiversaba, dándole un matiz de embuste deliberado. ¡Ah, ocultaba tantas cosas! En todo caso, presentía que el desenlace de esta situación misteriosa y tirante estaba cerca. Una conmoción más, y todo quedaría al descubierto. En cuanto a mí, aunque también estaba implicado, apenas me preocupaba lo que pudiera pasar. Mi estado de ánimo era extraño: tenía en el bolsillo veinte federicos de oro, estaba en tierra extraña, lejos de mi patria, sin trabajo, sin medios de subsistencia, sin esperanza y sin posibilidades. Y, sin embargo, no me sentía inquieto. Si no hubiera sido por Polina, habría observado todo aquello como un espectáculo cómico, esperando el desenlace para reírme a mandíbula batiente. Pero Polina me inquietaba. Sentía que su suerte estaba a punto de decidirse, aunque no era eso lo que me obsesionaba. Yo quería descifrar sus secretos, quería que viniera a mí y me dijera: «Te quiero». Pero si eso era imposible, una locura inconcebible, entonces... ¿qué cabía desear? Ni siquiera yo sabía lo que quería. Solo ansiaba estar cerca de ella, en su aura, en su nimbo, siempre, toda la vida, eternamente. Fuera de eso, no sabía nada. ¿Y acaso podía apartarme de ella?

Cuando llegué al tercer piso, en el pasillo de sus habitaciones, sentí como si algo me empujara. Me volví y, a veinte pasos de mí, vi a Polina que salía de su habitación. Parecía que me había estado esperando y, de inmediato, me hizo una seña para que me acercara.

— Polina Aleksandrovna...

— ¡Más bajo! —me advirtió.

— Figúrese —murmuré—, acabo de sentir como un empellón en el costado. Miro a mi alrededor y ahí estaba usted. Es como si usted exhalara algo así como un fluido eléctrico.

— Tome esta carta —dijo Polina, pensativa y ceñuda, probablemente sin haber oído lo que le había dicho—, y enseguida entréguesela en propia mano a míster Astley. Cuanto antes, se lo ruego. No hace falta contestación. Él mismo…

No terminó la frase.

— ¿A míster Astley? —pregunté con asombro. Pero Polina ya había cerrado la puerta.

— ¡Así que mandándose cartitas! —murmuré para mí mismo. Fui, por supuesto, corriendo a buscar a míster Astley: primero en su hotel, donde no lo hallé; luego en el Casino, donde recorrí todas las salas; y, por último, camino ya de casa, irritado y desesperado, tropecé con él inopinadamente. Iba a caballo, formando parte de una cabalgata de ingleses. Le hice una seña; se detuvo y le entregué la carta. No tuvimos tiempo ni para mirarnos, pero sospecho que míster Astley, adrede, espoleó enseguida a su montura.

¿Me atormentaban los celos? En todo caso, me sentía deshecho de ánimo. Ni siquiera deseaba averiguar sobre qué se escribían. ¡Así que él era su confidente! «Amigo, lo que se dice amigo —pensaba yo—, está claro que lo es (pero ¿cuándo ha tenido tiempo para llegar a serlo?). Ahora bien, ¿hay aquí amor? Claro que no» —me susurraba el sentido común. Pero el sentido común, por sí solo, no basta en tales circunstancias. De todos modos, también esto quedaba por aclarar. El asunto se complicaba de modo desagradable.

Apenas entré en el hotel cuando el conserje y el Oberkellner, que salía de su despacho, me hicieron saber que se preguntaba por mí, que me estaban buscando y que se había mandado a preguntar tres veces dónde estaba; y me pidieron que me presentara cuanto antes en la habitación del general. Yo estaba de pésimo humor. En el gabinete del general se encontraban, además de él, Des Grieux y Mademoiselle Blanche, sola, sin la madre. Estaba claro que la madre era ficticia, utilizada solo para guardar las apariencias; pero cuando se trataba de manejar un asunto serio, Mademoiselle Blanche se las arreglaba sola. Sin contar que la madre apenas sabía nada de los negocios de su supuesta hija.

Los tres estaban discutiendo acaloradamente sobre algo, y hasta la puerta del gabinete estaba cerrada, lo cual nunca había ocurrido antes. Cuando me acerqué, oí voces destempladas: las palabras insolentes y mordaces de Des Grieux, los gritos descarados, abusivos y furiosos de Blanche, y la voz quejumbrosa del general, quien, por lo visto, se estaba disculpando de algo. Al entrar yo, los tres parecieron calmarse y contenerse. Des Grieux se alisó los cabellos y de su rostro airado sacó una sonrisa, esa sonrisa francesa repugnante, oficialmente cortés, que tanto detesto. El acongojado y decaído general adoptó un aire digno, aunque algo mecánicamente. Solo Mademoiselle Blanche apenas alteró su expresión, marcada por una furia evidente, y simplemente guardó silencio, fijando en mí una mirada cargada de impaciente expectativa. Cabe destacar que, hasta entonces, me había tratado con la más absoluta indiferencia, sin contestar siquiera a mis saludos, como si no se percatara de mi presencia.

— Aleksei Ivanovich —dijo el general en un tono de suave reproche—, permítame señalarle que es extraño, sumamente extraño, que... en fin, su conducta conmigo y con mi familia... en una palabra, resulta realmente extraña…

— Eh! ce n'est pas ça! —interrumpió Des Grieux, irritado y desdeñoso. (Estaba claro que él llevaba la voz cantante)—. *Mon cher monsieur, notre cher général se trompe*[49], al adoptar ese tono. —Continuaré sus comentarios en ruso—. Pero él quería decirle… es decir, advertirle, o, mejor dicho, rogarle encarecidamente que no la arruine, eso, que no la arruine. Uso de propósito esa expresión…

— Pero, ¿yo qué puedo hacer? ¿Qué puedo hacer? —interrumpí.

— Perdone, usted se propone ser el guía (¿o cómo llamarlo?) de esa vieja, *cette pauvre terrible vieille*[50]—el propio Des Grieux perdía el hilo—, pero es que va a perder; perderá hasta la camisa. ¡Usted mismo vio cómo juega, usted mismo fue testigo de ello! Si empieza a perder, no se apartará de la mesa, por terquedad, por porfía, y seguirá jugando y jugando, y en tales circunstancias nunca se recobra lo perdido, y entonces… entonces…

— ¡Y entonces —corroboró el general—, entonces arruinará usted a toda la familia! A mí y a mi familia, que somos sus herederos, porque no tiene parientes más allegados. Le diré con franqueza que mis asuntos van mal, rematadamente mal. Usted mismo sabe algo de ello…

49 ¡Ey! no es eso! Mi querido señor, nuestro querido general está equivocado.

50 Esta pobre y terrible anciana.

Si ella pierde una suma considerable o, ¿quién sabe?, toda su hacienda (¡Dios no lo quiera!), ¿qué será entonces de ellos, de mis hijos? —El general volvió los ojos a Des Grieux—. ¿Qué será de mí? —Miró a Mademoiselle Blanche, que con desprecio le volvió la espalda—. ¡Aleksei Ivanovich, sálvenos usted, sálvenos!

— Pero dígame, general, ¿cómo puedo yo, cómo puedo...? ¿Qué papel hago yo en esto?

— ¡Niéguese, niéguese a ir con ella! ¡Déjela!

— ¡Encontrará a otro! —exclamé.

— Ce n'est pas là, ce n'est pas ça, que diable! No, no la abandone, pero al menos amonéstela, trate de persuadirla, apártela del juego... y, como último recurso, no la deje perder demasiado, distráigala de algún modo.

— ¿Y cómo voy a hacer eso? Si usted mismo se ocupase de eso, monsieur Des Grieux... —agregué con la mayor inocencia.

En ese momento noté una mirada rápida, ardiente e inquisitiva que Mademoiselle Blanche dirigió a Des Grieux. Por la cara de este pasó fugazmente algo peculiar, algo revelador que no pudo reprimir.

—¡Ahí está la cosa; que por ahora no me aceptará! —exclamó Des Grieux gesticulando con la mano—. Si por acaso... más tarde...

Des Grieux lanzó una mirada rápida y significativa a Mademoiselle Blanche.

— *O mon cher monsieur Alexis, soyez si bon* [51]—la propia

51 Oh, mi querido señor Alexis, sea usted amable.

Mademoiselle Blanche dio un paso hacia mí sonriendo encantadoramente, me cogió ambas manos y me las apretó con fuerza. ¡Qué demonio! Ese rostro diabólico sabía transfigurarse en un segundo. En ese momento adoptó un aspecto tan suplicante, tan atrayente, sonreía de una manera tan candorosa y, al mismo tiempo, tan pícara. Al terminar la frase, me hizo un guiño disimulado, a hurtadillas de los demás; parecía que quería conquistarme allí mismo. Y casi lo logra, sólo que todo aquello resultaba grosero y, además, horrible.

Tras ella vino trotando el general, así como lo digo, trotando.

— Aleksei Ivanovich, disculpe que antes comenzara así con usted. No era en absoluto lo que quería decir... Le ruego, se lo suplico, me inclino ante usted al estilo ruso. ¡Usted y sólo usted puede salvarnos! Mademoiselle Blanche y yo se lo rogamos... ¿Me comprende, verdad que me comprende? —imploró, señalándome con los ojos a Mademoiselle Blanche. Daba verdadera lástima.

En ese instante se oyeron tres golpes leves y respetuosos en la puerta. Abrieron. Era el camarero de servicio. Unos pasos detrás de él estaba Potapych. Venían de parte de la abuela, quien había ordenado que me buscaran y me llevaran a ella de inmediato.

— Está enfadada —aclaró Potapych.

— ¡Pero si son sólo las tres y media!

— La señora no ha podido dormir, no hacía más que dar vueltas; y de pronto se levantó, pidió la silla y mandó a buscarle a usted. Ya está en el pórtico del hotel.

— *Quelle mégère*! [52] —exclamó Des Grieux.
En efecto, encontré a la abuela en el pórtico, consumida de impaciencia porque yo no estaba allí. No había podido aguantar hasta las cuatro.
— ¡Hala, levantadme! —chilló, y de nuevo nos pusimos en camino hacia la ruleta.

52 ¡Qué arpía!

Capítulo 12

La abuela estaba de humor impaciente e irritable; era evidente que la ruleta le había dejado una profunda impresión. Estaba desatenta a todo lo demás y, en general, muy distraída; durante el camino, por ejemplo, no hizo una sola pregunta como las que había hecho antes. Viendo un magnífico carruaje que pasó junto a nosotros como una exhalación apenas levantó la mano y preguntó: «¿Qué es eso? ¿De quién?», pero sin atender por lo visto a mi respuesta. Su ensimismamiento se veía interrumpido de continuo por gestos y estremecimientos abruptos e impacientes. Cuando ya cerca del Casino le mostré desde lejos al barón y a la baronesa de Burmerhelm, los miró abstraída y dijo con completa indiferencia: «¡Ah!». Se volvió de pronto a Potapych y Marfa, que venían detrás, y les dijo secamente:

— Vamos a ver, ¿por qué me venís siguiendo? ¡No vais a venir conmigo siempre! ¡Id a casa! Contigo me basta —añadió dirigiéndose a mí cuando los otros se apresuraron a despedirse y volvieron sobre sus pasos.

En el Casino ya esperaban a la abuela. Al momento le hicieron sitio en el mismo lugar de antes, junto al croupier. Se me antoja que estos croupiers, siempre tan finos y tan empeñados en no parecer sino empleados ordinarios a quienes les da igual que la banca gane o pierda, no son en realidad indiferentes a que la banca pierda, y por supuesto reciben instrucciones para atraer jugadores y aumentar los

beneficios oficiales; para ello reciben sin duda incentivos y gratificaciones. Sea como fuere, miraban ya a la abuela como víctima. Acabó por suceder lo que veníamos temiendo.
He aquí cómo pasó la cosa.
La abuela se lanzó sin más sobre el zéro y me mandó apostar a él doce federicos de oro. Se hicieron una, dos, tres apuestas… y el zéro no salió. «¡Haz la puesta, hazla!» —decía la abuela dándome codazos de impaciencia. Yo obedecí.
— ¿Cuántas apuestas has hecho? —preguntó, rechinando los dientes de ansiedad.
— Doce, abuela. He apostado ciento cuarenta y cuatro federicos de oro. Le digo a usted que quizá hasta la noche…
— ¡Cállate! —me interrumpió—. Apuesta al zéro y pon al mismo tiempo mil gulden al rojo. Aquí tienes el dinero.
Salió el rojo, pero esta vez falló el zéro; le entregaron mil gulden.
— ¿Ves, ves? —murmuró la abuela—. Nos han devuelto casi todo lo apostado. Apuesta de nuevo al zéro; apostaremos diez veces más a él y entonces lo dejamos.
Pero a la quinta vez la abuela acabó por cansarse.
— ¡Manda ese zéro asqueroso a la porra! ¡Ahora pon esos cuatro mil gulden al rojo! —ordenó.
— ¡Abuela, eso es mucho! ¿Y qué, si no sale el rojo? —le dije en tono de súplica; pero la abuela casi me molió a golpes. (En efecto, me daba tales codazos que parecía que se estaba peleando conmigo). No había nada que hacer. Aposté al rojo los cuatro mil gulden que ganamos

esa mañana. Giró la rueda. La abuela, tranquila y orgullosa, se enderezó en su silla sin dudar de que ganaría irremisiblemente.

— Zéro —anunció el croupier.

Al principio la abuela no comprendió; pero cuando vio que el croupier recogía sus cuatro mil gulden junto con todo lo demás que había en la mesa, y se dio cuenta de que el zéro, que no había salido en tanto tiempo y al que habíamos apostado en vano casi doscientos federicos de oro, había salido como de propósito tan pronto como ella lo había insultado y abandonado, dio un suspiro y extendió los brazos con gesto que abarcaba toda la sala. En torno suyo rompieron a reír.

— ¡Por vida de… ! ¡Así que ha salido ese maldito! —aulló la abuela—. ¡Pero se habrá visto qué condenado! ¡Tú tienes la culpa! ¡Tú! —y se echó sobre mí con saña, empujándome—. ¡Tú me lo quitaste de la cabeza!

— Abuela, yo le dije lo que dicta el sentido común. ¿Acaso puedo responder por las probabilidades?

— ¡Ya te daré yo probabilidades! —murmuró en tono amenazador—. ¡Vete de aquí!

— Adiós, abuela —y me volví para marcharme.

— ¡Aleksei Ivanovich, Aleksei Ivanovich, quédate! ¿Adónde vas? ¿Pero qué tienes? ¿Enfadado, eh? ¡Tonto! ¡Quédate, quédate, no te sulfures! La tonta soy yo. Pero dime, ¿qué hacemos ahora?

— Abuela, no me atrevo a aconsejarla porque me echará usted la culpa. Juegue sola. Usted decide qué apuesta hay que hacer y yo la hago.

— ¡Bueno, bueno! Pon otros cuatro mil gulden al rojo. Aquí tienes el monedero. Tómalos. —Sacó del bolso el monedero y me lo dio—. ¡Hala, tómalos! Ahí hay veinte mil rublos en dinero contante y sonante.
— Abuela —dije en voz baja—, una suma tan enorme…
— Que me muera si no gano todo lo perdido… ¡Apuesta!
—Apostamos y perdimos.
— ¡Apuesta, apuesta los ocho mil!
— ¡No se puede, abuela, el máximo son cuatro mil!...
— ¡Pues pon cuatro!
Esta vez ganamos. La abuela se animó. «¿Ves, ves? —dijo dándome con el codo—. ¡Pon cuatro otra vez!»
Apostamos y perdimos; luego perdimos dos veces más.
— Abuela, hemos perdido los doce mil —le indiqué.
— Ya veo que los hemos perdido —dijo ella con tono de furia tranquila, si así cabe decirlo—; lo veo, amigo, lo veo —murmuró mirando ante sí, inmóvil y como cavilando algo—. ¡Ay, que me muero si no… ! ¡Pon otros cuatro mil gulden!
— No queda dinero, abuela. En la cartera hay unos bonos rusos del cinco por ciento y algunos pagarés, pero no hay dinero.
— ¿Y en el bolso?
— Calderilla, abuela.
— ¿Hay aquí agencias de cambio? Me dijeron que podría cambiar todos nuestros valores —preguntó la abuela sin pararse en barras.
— ¡Oh, todo el que usted quiera! Pero con lo que perdería usted en el cambio se asustaría un judío.

— ¡Tontería! Voy a recuperar todo lo perdido. Llévame. ¡Llama a esos gandules!

Aparté la silla, aparecieron los porteadores y salimos del Casino. «¡De prisa, de prisa, de prisa!» —ordenó la abuela—. Guía el camino, Aleksei Ivanovich, y llévame por el más corto… ¿Queda lejos?

— Está a dos pasos, abuela.

Pero en la glorieta, a la entrada de la avenida, salió a nuestro encuentro toda nuestra pandilla: el general, Des Grieux y Mademoiselle Blanche con su madre. Polina Aleksandrovna no estaba con ellos, ni tampoco míster Astley.

— ¡Bueno, bueno, bueno! ¡No hay que detenerse! —gritó la abuela—. Pero ¿qué queréis? ¡No tengo tiempo que perder con vosotros ahora!

Yo iba detrás. Des Grieux se me acercó.

— Ha perdido todo lo que había ganado antes, y encima doce mil gulden de su propio dinero. Ahora vamos a cambiar unos bonos del cinco por ciento —le dije rápidamente por lo bajo.

Des Grieux dio una patada en el suelo y corrió a informar al general. Nosotros continuamos nuestro camino con la abuela.

— ¡Deténgala, deténgala! —me susurró el general con frenesí.

— ¡A ver quién se atreve a detenerla! —le contesté también con un susurro.

— ¡Tía! —dijo el general acercándose—, tía… casualmente ahora mismo… ahora mismo… —le temblaba la voz y se le quebraba— íbamos a alquilar caballos para ir de excursión al campo… Una vista espléndida… una cumbre… Veníamos a invitarla a usted.

— ¡Quítate allá con tu cumbre! —le dijo con enojo la abuela, indicando con un gesto que se apartara.

— Allí hay árboles… tomaremos el té… —prosiguió el general, presa de la mayor desesperación.

— *Nous boirons du lait, sur l'herbe fraîche* [53] —agregó Des Grieux con una vivacidad brutal.

Du lait, de I'herbe fraîche —esto es lo que un burgués de París considera como lo más idílico; en esto consiste, como es sabido, su visión de «*la nature et la vérité* [54]».

— ¡Y tú también, quítate allá con tu leche! ¡Bébetela tú mismo, que a mí me da dolor de vientre. ¿Y por qué me importunáis? —gritó la abuela—. He dicho que no tengo tiempo que perder.

—¡Hemos llegado, abuela! —dije—. Es aquí.

Llegamos a la casa donde estaba la agencia de cambio. Entré a cambiar y la abuela se quedó a la puerta. Des Grieux, el general y Mademoiselle Blanche se mantuvieron apartados sin saber qué hacer. La abuela les miró con ira y ellos tomaron el camino del Casino.

Me propusieron una tarifa de cambio tan atroz que no me decidí a aceptarla y salí a pedir instrucciones a la abuela.

— ¡Qué ladrones! —exclamó levantando los brazos—. ¡En fin, no hay nada que hacer! ¡Cambia! —gritó con resolución—. Espera, dile al cambista que venga aquí.

---

53 Beberemos leche, sentados sobre la hierba fresca.

54 La naturaleza y la verdad.

— ¿Uno cualquiera de los empleados, abuela?

— Cualquiera, da lo mismo. ¡Qué ladrones!

El empleado consintió salir cuando supo que quien lo llamaba era una condesa anciana e impedida que no podía andar. La abuela, muy enojada, le reprochó largo rato y en voz alta por lo que consideraba una estafa y estuvo regateando con él en una mezcla de ruso, francés y alemán, a cuya traducción ayudaba yo. El empleado nos miraba gravemente, sacudiendo en silencio la cabeza. A la abuela la observaba con una curiosidad tan intensa que rayaba en descortesía. Por último, empezó a sonreír.

— ¡Bueno, andando! —exclamó la abuela—. ¡Ojalá se le atragante mi dinero! Que te lo cambie Aleksei Ivanovich; no hay tiempo que perder, y además habría que ir a otro sitio...

— El empleado dice que otros darán menos.

No recuerdo con exactitud la tarifa que fijaron, pero fue horrible. Me dieron un total de doce mil florines en oro y billetes. Tomé el paquete y se lo llevé a la abuela.

— Bueno, bueno, no hay tiempo para contarlo —gesticuló con los brazos—, ¡de prisa, de prisa, de prisa! Nunca más volveré a apostar a ese condenado zéro; ni al rojo tampoco —dijo cuando llegábamos al Casino.

Esta vez hice todo lo posible para que apostara cantidades más pequeñas, para persuadirla de que cuando cambiara la suerte habría tiempo de apostar una cantidad considerable. Pero estaba tan impaciente que, si bien accedió al principio, fue del todo imposible refrenarla a la hora de jugar. No bien empezó a ganar apuestas de diez o veinte federicos de oro, se puso a darme con el codo:

—¡Bueno, ya ves, ya ves! Hemos ganado. Si en lugar de diez hubiéramos apostado cuatro mil, habríamos ganado cuatro mil. ¿Y ahora qué? ¡Tú tienes la culpa, tú solo!

Y aunque irritado por su manera de jugar, decidí por fin callarme y no darle más consejos.

De pronto se acercó Des Grieux. Los tres estaban allí al lado. Yo había notado que mademoiselle Blanche se hallaba un poco aparte con su madre y que coqueteaba con el príncipe. El general había caído en desgracia, prácticamente ignorado. Blanche ni siquiera quería mirarlo, aunque él se esforzaba servilmente por complacerla de todas las formas posibles. ¡Pobre general! Empalidecía, se sonrojaba, temblaba y ya ni siquiera seguía el juego de la abuela. Finalmente, Blanche y el principito se fueron; el general salió corriendo tras ellos.

— Madame, madame —murmuró Des Grieux con voz melosa, casi pegándose al oído de la abuela—. Madame, esa apuesta no resultará… no, no, no es posible… —dijo chapurreando el ruso—, ¡no!

— Bueno, ¿cómo entonces? ¡Vamos, enséñeme! —contestó la abuela, volviéndose a él. De pronto Des Grieux se puso a parlotear rápidamente en francés, a dar consejos, a agitarse; dijo que era preciso anticipar las probabilidades, empezó a citar cifras… la abuela no entendía nada. Él se volvía continuamente a mí para que tradujera; apuntaba a la mesa y señalaba algo con el dedo; por último, cogió un lápiz y se dispuso a apuntar unos números en un papel. La abuela acabó por perder la paciencia.

— ¡Vamos, fuera, fuera! ¡No dices más que tonterías!

«Madame, madame» y ni él mismo entiende jota de esto. ¡Fuera!

— Mais, madame —murmuró Des Grieux, empezando de nuevo a empujar y apuntar con el dedo.

— Bien, haz una apuesta como dice —me ordenó la abuela—. Vamos a ver: quizá salga en efecto.

Des Grieux quería disuadirla de hacer apuestas grandes. Sugería que se apostase a dos números, uno a uno o en grupos. Siguiendo sus indicaciones puse un federico de oro en cada uno de los doce primeros números impares, cinco federicos de oro en los números del doce al dieciocho y cuatro del dieciocho al veinticuatro. En total aposté dieciséis federicos de oro.

Giró la rueda. «Zéro» —gritó el croupier. Lo perdimos todo.

— ¡Valiente majadero! —exclamó la abuela dirigiéndose a Des Grieux—. ¡Vaya franchute asqueroso! ¡Y este inútil pretende dar consejos! ¡Fuera, fuera! ¡No entiende ni jota y se mete donde no le llaman!

Des Grieux, terriblemente ofendido, se encogió de hombros, miró despectivamente a la abuela y se fue. A él mismo le daba vergüenza haberse entrometido, pero no había podido contenerse.

Al cabo de una hora, a pesar de nuestros esfuerzos, lo perdimos todo.

— ¡A casa! —gritó la abuela.

No dijo palabra alguna hasta llegar a la avenida. En ella, y cuando ya llegábamos al hotel, prorrumpió en exclamaciones:

— ¡Qué imbécil! ¡Qué mentecata! ¡Eres una vieja, una vieja idiota!

No bien llegamos a sus habitaciones gritó:

— ¡Que me traigan té, y a prepararse, que nos vamos inmediatamente!

— ¿Adónde piensa ir la señora? —se aventuró a preguntar Marfa.

— ¿Y a ti qué te importa? Cada mochuelo a su olivo. Potapych, prepáralo todo, todo el equipaje. ¡Nos volvemos a Moscú! He despilfarrado quince mil rublos.

— ¡Quince mil, señora! ¡Dios mío! —exclamó Potapych, levantando los brazos con un gesto conmovedor, tratando probablemente de ayudar en algo.

— ¡Bueno, bueno, tonto! ¡Ya ha empezado a lloriquear! ¡Silencio! ¡Prepara las cosas! ¡La cuenta, pronto, hala!

— El próximo tren sale a las nueve y media, abuela —indiqué yo para poner fin a su arrebato.

— ¿Y qué hora es ahora?

— Las siete y media.

— ¡Qué fastidio! En fin, es igual. Aleksei Ivanovich, no me queda un kopek. Aquí tienes estos dos bonos. Ve corriendo al mismo sitio y cámbialos también. De lo contrario no habrá con qué pagar el viaje.

Salí a cambiarlos. Cuando volví al hotel media hora después encontré a toda la pandilla en la habitación de la abuela. La noticia de que esta salía inmediatamente para Moscú pareció inquietarles aún más que la de las pérdidas de juego que había sufrido. Pongamos, sí, que su fortuna se salvaba con ese regreso, pero ¿qué iba a ser ahora del general? ¿Quién iba a pagar a Des Grieux? Por supuesto, Mademoiselle Blanche no esperaría hasta que muriera la abuela y se escaparía con el príncipe o con otro cualquiera. Se hallaban todos ante la anciana, consolándola y tratando de persuadirla. Tampoco esta vez estaba Polina presente. La abuela les increpaba con furia.

— ¡Dejadme en paz, demonios! ¿A vosotros qué os importa? ¿Qué quiere conmigo ese barbas de chivo? —gritó a Des Grieux—. ¿Y tú, pájara, qué necesitas? —dijo dirigiéndose a Mademoiselle Blanche—. ¿A qué viene ese mariposeo?

— ¡Diantre! —murmuró Mademoiselle Blanche con los ojos brillantes de rabia; pero de pronto lanzó una carcajada y se marchó.

— *Elle vivra cent ans*! [55] —le gritó al general desde la puerta.

— ¡Ah!, ¿así que contabas con mi muerte? —aulló la abuela al general—. ¡Fuera de aquí! ¡Échalos a todos, Aleksei Ivanovich! ¿A ellos qué les importa? ¡Me he jugado lo mío, no lo vuestro!

El general se encogió de hombros, se inclinó y salió. Des Grieux se fue tras él.

— Llama a Praskovya —ordenó la abuela a Marfa.

Cinco minutos después Marfa volvió con Polina. Durante todo este tiempo Polina había permanecido en su cuarto con los niños y, al parecer, había resuelto no salir de él en todo el día. Su rostro estaba grave, triste y preocupado.

55 Ella vivirá cien años.

— Praskovya —comenzó diciendo la abuela—, ¿es cierto lo que he oído indirectamente, que ese imbécil de padrastro tuyo quiere casarse con esa gabacha frívola? ¿Es actriz, no? ¿O algo peor todavía? Dime, ¿es verdad?
— No sé nada de ello con certeza, abuela —respondió Colina—, pero, a juzgar por lo que dice la propia Mademoiselle Blanche, que no estima necesario ocultar nada, saco la impresión…
— ¡Basta! —interrumpió la abuela con energía—. Lo comprendo todo. Siempre he pensado que le sucedería algo así, y siempre le he tenido por hombre superficial y frívolo. Está muy pagado de su generalato (al que le ascendieron de coronel cuando pasó al retiro) y no hace más que pavonearse. Yo, querida, lo sé todo; cómo enviasteis un telegrama tras otro a Moscú preguntando «si la vieja estiraría pronto la pata». Esperaban la herencia; porque a él, sin dinero, esa mujerzuela, ¿cómo se llama, de Cominges? no le aceptaría ni como lacayo, mayormente cuando tiene dientes postizos. Dicen que tiene una montaña de dinero, que lo presta con intereses y que ha amasado una fortuna. A ti, Praskovya, no te culpo; no fuiste tú la que mandó los telegramas; y de lo pasado tampoco quiero acordarme. Sé que tienes un humorcillo ruin, ¡una avispa! que picas hasta levantar verdugones, pero te tengo lástima porque quería a tu madre Katerina, que en paz descanse. Bueno, ¿te animas? Deja todo esto de aquí y vente conmigo. En realidad no tienes donde caerte muerta; y ahora es indecoroso que estés con ellos. ¡Espera —interrumpió la abuela cuando Polina iba a contestar—,

que no he acabado todavía! No te exigiré nada. Tengo casa en Moscú, como sabes, un palacio donde puedes ocupar un piso entero y no venir a verme durante semanas y semanas si no te gusta mi genio. ¿Qué? ¿ Quieres o no?

— Permita que le pregunte primero si de veras quiere usted irse enseguida.

— ¿Es que estoy bromeando, niña? He dicho que me voy y me voy. Hoy he despilfarrado quince mil rublos en vuestra condenada ruleta. Hace cinco años hice la promesa de reedificar en piedra, en las afueras de Moscú, una iglesia de madera, y en lugar de eso me he jugado el dinero aquí. Ahora niña, me marcho y voy a construir esa iglesia.

— ¿Y las aguas, abuela? Porque, al fin y al cabo, vino usted a beberlas.

— ¡Déjame con tus aguas! No me irrites, Praskovya. Lo haces adrede, ¿no es verdad? Dime, ¿te vienes o no?

— Le agradezco mucho, pero mucho, abuela —dijo Polina emocionada—, el refugio que me ofrece. En parte ha adivinado mi situación. Le estoy tan agradecida que, créame, iré a reunirme con usted y quizá pronto; pero ahora de momento hay motivos… importantes… y no puedo decidirme en este instante mismo. Si se quedará usted un par de semanas más…

— Lo que significa que no quieres.

— Lo que significa que no puedo. En todo caso, además, no puedo dejar a mi hermano y mi hermana, y como… como… como efectivamente puede ocurrir que queden abandonados, pues… ; si nos recoge usted a los pequeños y a mí, abuela, entonces sí, por supuesto, iré a reunirme con usted, ¡y créame que haré merecimientos para ello! —añadió con ardor—; pero sin los niños no puedo.

— Bueno, no gimotees (Polina no pensaba en gimotear y no lloraba nunca); ya encontraremos también sitio para esos polluelos: un gallinero grande. Además, ya es hora de que vayan a la escuela. ¿De modo que no te vienes ahora? Bueno, mira, Praskovya, te deseo buena suerte, pues sé por qué no te vienes. Lo sé todo, Praskovya. Ese franchute no procurará tu bien.

Polina se sonrojó. Yo por mi parte me sobresalté. (¡Todos lo saben! ¡Yo soy, pues, el único que no sabe nada!)

— Vaya, vaya, no frunzas el ceño. No voy a cotillear. Ahora bien, ten cuidado de que no ocurra nada malo, ¿entiendes? Eres una chica lista; me daría lástima de ti. Bueno, basta. Más hubiera valido no haberos visto a ninguno de vosotros. ¡Anda, vete! ¡Adiós!

— Abuela, la acompañaré a usted —dijo Polina.

—No es necesario, déjame en paz; todos vosotros me fastidiáis.

Polina besó la mano a la abuela, pero ésta retiró la mano y besó a Polina en la mejilla.

Al pasar junto a mí, Polina me lanzó un rápido vistazo y enseguida apartó los ojos.

— Bueno, adiós a ti también, Aleksei Ivanovich. Sólo falta una hora para la salida del tren. Pienso que te habrás hartado de mi compañía. Vamos, toma estos cincuenta federicos de oro.

— Muy agradecido, abuela, pero me da vergüenza...

— ¡Vamos, vamos! —gritó la abuela, pero en tono tan enérgico y amenazador que no me atreví a objetar y tomé el dinero.

— En Moscú, cuando andes sin colocación, ven a verme. Te recomendaré a alguien. ¡Ahora, fuera de aquí!

Fui a mi habitación y me eché en la cama. Creo que pasé media hora boca arriba, con las manos cruzadas bajo la cabeza. Se había producido ya la catástrofe y había en qué pensar. Decidí hablar en serio con Polina al día siguiente. ¡Ah, el franchute! ¡Así, pues, era verdad! ¿Pero qué podía haber en ello? ¿Polina y Des Grieux? ¡Dios, qué contraste! Todo ello era sencillamente increíble. De pronto di un salto y salí como loco en busca de míster Astley para hacerle hablar fuera como fuera. Por supuesto que de todo ello sabía más que yo. ¿Míster Astley? ¡He ahí otro misterio para mí!

Pero de repente alguien llamó a mi puerta. Abrí y era Potapych.

— Aleksei Ivanovich, la señora pide que vaya usted a verla.

— ¿Qué pasa? ¿Se va, no? Faltan todavía veinte minutos para la salida del tren.

— Está intranquila; no puede estarse quieta. «¡De prisa, de prisa! », es decir, que viniera a buscarle a usted. Por Dios santo, no se retrase.

Bajé corriendo al momento. Sacaban ya a la abuela al pasillo. Tenía el bolso en la mano.

— Aleksei Ivanovich, ve tú delante, ¡andando!

— ¿Adónde, abuela?

— ¡Que me muera si no gano lo perdido! ¡Vamos, en marcha, y nada de preguntas! ¿Allí se juega hasta medianoche?

Me quedé estupefacto, pensé un momento, y enseguida tomé una decisión.

—Haga lo que le plazca, Antonida Vasilyevna, pero yo no voy.

— ¿Y eso por qué? ¿Qué pasa ahora? ¿Qué mosca os ha picado?

— Haga lo que guste, pero después yo mismo me lo reprocharía, y no quiero hacerlo. No quiero ser ni testigo ni complice. ¡No me eche usted esa carga encima, Antonida Vasilyevna! Aquí tiene sus cincuenta federicos de oro. ¡Adiós! —y poniendo el paquete con el dinero en la mesita junto a la silla de la abuela, saludé y me fui.

— ¡Valiente tontería! —exclamó la abuela tras mí—; pues no vayas, que quizá yo misma encuentre el camino. ¡Potapych, ven conmigo! ¡A ver, levantadme y andando!

No hallé a míster Astley y volví a casa. Más tarde, a la una de la madrugada, supe por Potapych cómo acabó el día de la abuela. Perdió todo lo que poco antes yo le había cambiado, es decir, diez mil rublos más en moneda rusa. En el casino se pegó a sus faldas el mismo polaquillo a quien antes había dado dos federicos de oro, y quien estuvo continuamente dirigiendo su juego. Al principio, hasta que se presentó el polaco, mandó hacer las apuestas a Potapych, pero pronto lo despidió; y fue entonces cuando asomó el polaco. Para mayor desdicha, éste entendía el ruso e incluso chapurreaba una mezcla de tres idiomas, de modo que hasta cierto punto se entendían. La abuela no paraba de insultarle sin piedad, aunque él decía de continuo que «se ponía a los pies de la señora».

— Bueno, ¿cómo podría compararse con usted, Aleksei Ivanovich? —contaba Potapych—. A usted la señora le trataba como a un noble, mientras que a ese otro... yo mismo lo vi con mis propios ojos, que me muera aquí mismo si miento... le robaba directamente de la mesa. Ella misma lo atrapó dos veces. Lo insultó de todas las formas posibles, incluso le tiró del pelo una vez. En serio, no miento, tanto que todos a su alrededor estallaron en risas. Lo perdió todo, señor, todo lo que tenía, todo lo que usted le cambió. Trajimos aquí a la señora, pidió de beber sólo un poco de agua, se santiguó, y a su camita. Estaba rendida, claro, y se durmió en un tris. ¡Que Dios le conceda un plácido sueño! ¡Ay, estas tierras extranjeras! —concluyó Potapych—. ¡Ya decía yo que traerían mala suerte! ¡Cómo me gustaría estar en nuestro Moscú cuanto antes! ¡Y como si no tuviéramos una casa en Moscú! Jardín, flores de las que aquí no hay, aromas, las manzanas madurándose, mucho sitio... ¡Pues nada: teníamos que ir al extranjero! ¡Ay, ay, ay!

Capítulo 13

Ha pasado ya casi un mes desde que trabajé por última vez en estas notas mías, comenzadas bajo la influencia de sensaciones tan fuertes como confusas. La catástrofe, cuya inminencia presentía, se produjo efectivamente, pero cien veces más devastadora e inesperada de lo que había pensado. En todo ello había algo extraño, ruin y hasta trágico, por lo menos en lo que a mí atañía. Me sucedieron algunos lances casi milagrosos, o así los he considerado desde entonces, aunque bien mirado y, sobre todo, a juzgar por el torbellino de acontecimientos a que me vi arrastrado entonces, quizá ahora solo quepa decir que no fueron del todo ordinarios. Para mí, sin embargo, lo más prodigioso fue mi propia actitud ante estas peripecias. ¡Hasta ahora no he logrado comprenderme a mí mismo! Todo ello pasó como flotando en un sueño, incluso mi pasión, que fue pujante y sincera, pero… ¿qué ha sido ahora de ella? Es verdad que de vez en cuando cruza por mi mente la pregunta: «¿No estaba loco entonces? ¿No pasé todo ese tiempo en algún manicomio, donde quizá todavía estoy, hasta tal punto que todo eso me pareció que pasaba y aun ahora sólo me parece que pasó?»

He recogido mis cuartillas y he vuelto a leerlas (¿quién sabe si las escribí sólo para convencerme de que no estaba en un manicomio?). Ahora me hallo enteramente solo. Llega el otoño, amarillean las hojas. Estoy en este triste pueblucho (¡oh, qué tristes son los puebluchos alemanes!), y en lugar de pensar en lo que debo hacer en adelante, vivo influido por mis recientes sensaciones, por mis recuerdos aún frescos, por esa vorágine aún no lejana que me arrebató en su giro y de la cual acabé por salir despedido. —A veces se me antoja que todavía sigo dando vueltas en el torbellino, y que en cualquier momento la tormenta volverá a cruzar rauda, arrastrándome consigo, que perderé una vez más toda noción de orden, de medida, y que seguiré dando vueltas y vueltas y vueltas…

Pero pudiera echar raíces en algún sitio y dejar de dar vueltas si, dentro de lo posible, consigo explicarme cabalmente lo ocurrido este mes. Una vez más me llama la pluma, amén de que a veces no tengo otra cosa que hacer durante las veladas. ¡Cosa rara! Para ocuparme en algo, saco prestadas de la mísera biblioteca de aquí las novelas de Paul de Kock (¡en traducción alemana!), que casi no puedo aguantar, pero las leo y me maravillo de mí mismo: es como si temiera destruir con un libro serio o con cualquier otra ocupación digna el encanto de lo que acaba de pasar. Se diría que este sueño repulsivo, con las impresiones que ha traído consigo, me es tan amable que no permito que nada nuevo lo roce por temor a que se disipe en humo. ¿Me es tan querido todo esto? Sí, sin duda lo es. Quizá lo recordaré todavía dentro de cuarenta años…

Así, pues, me pongo a escribir. Sin embargo, todo ello se puede contar ahora parcial y brevemente: no se puede, en absoluto, decir lo mismo de las impresiones…

En primer lugar, acabemos con la abuela. Al día siguiente

perdió todo lo que le quedaba. No podía ser de otro modo: cuando una persona así se aventura una vez por ese camino es igual que si se deslizara en trineo desde lo alto de una montaña cubierta de nieve: va cada vez más rápido. Estuvo jugando todo el día, hasta las ocho de la noche. Yo no presencié el juego y sólo sé lo que he oído contar a otros.

Potapych pasó con ella en el Casino todo el día. Los polacos que dirigían el juego de la abuela se relevaron varias veces durante la jornada. Ella empezó mandando a paseo al polaco del día antes, al que había tirado del pelo, y tomó otro, pero éste resultó casi peor. Cuando despidió al segundo y volvió a tomar el primero —que no se había marchado sino que durante su ostracismo había seguido empujando tras la silla de ella y asomando a cada minuto la cabeza—, la abuela acabó por desesperarse del todo. El segundo polaco, a quien había despedido, tampoco quería irse por nada del mundo; uno se colocó a la derecha de la señora y otro a la izquierda. No paraban de reñir y se insultaban con motivo de las apuestas y el juego, llamándose mutuamente "laidak" y otras lindezas polacas por el estilo. Más tarde hicieron las paces, movían el dinero sin orden ni concierto y apostaban a la buena de Dios. Cuando se peleaban, cada uno hacía apuestas por su cuenta, uno, por ejemplo, al rojo y otro al negro. De esta manera acabaron por marear y sacar de quicio a la abuela, hasta que ésta, casi llorando, rogó al viejo croupier que la protegiera echándoles de allí. Enseguida, efectivamente, los expulsaron a pesar de sus gritos y protestas; ambos chillaban en coro y perjuraban que la abuela les debía dinero, que los había engañado en algo y que los había tratado indigna y vergonzosamente. El infeliz Potapych, con lágrimas en los ojos, me lo contó todo esa misma noche, después de la pérdida del dinero, y se quejaba de que los polacos se llenaban los bolsillos de dinero; decía que él mismo había visto cómo lo robaban descaradamente y se lo embolsaban a cada instante. Uno de ellos, por ejemplo, le sacaba a la abuela cinco federicos de oro por sus servicios y los ponía junto con las apuestas de la abuela. La abuela ganaba y él exclamaba que era su propia apuesta la que había ganado y que la de ella había perdido, Cuando los expulsaron, Potapych se adelantó y dijo que llevaban los bolsillos llenos de oro. Inmediatamente la abuela pidió al croupier que tomara las medidas pertinentes, y aunque los dos polacos se pusieron a alborotar como gallos acorralados, se presentó la policía y en un dos por tres vaciaron sus bolsillos en provecho de la abuela. Esta, hasta que lo perdió todo, gozó durante ese día de indudable prestigio entre los croupiers y los empleados del Casino. Poco a poco su fama se extendió por toda la ciudad. Todos los visitantes del balneario, de todas las naciones, la gente ordinaria lo mismo que la de más alcurnia, se apiñaban para ver a "une vieille comtesse russe, tombée en enfance", que había perdido ya «algunos millones».

La abuela, sin embargo, no sacó mucho provecho de que la rescataran de los dos polaquillos. Para reemplazarlos en su servicio surgió un tercer polaco, que hablaba el ruso muy correctamente. Iba vestido como un gentleman aunque parecía un lacayo, con enormes bigotes y mucha arrogancia. Él también besaba 'los pies de la señora' y 'se postraba a sus pies,' pero con los demás se mostraba altivo y actuaba de manera despótica; en resumen, desde el principio se presentó no como sirviente, sino como amo de la abuela. A cada momento, con cada jugada, se dirigía a ella y juraba solemnemente que era un «hombre honrado» y que no tomaría ni un kopek de su dinero. Repetía estos juramentos tan a menudo que ella acabó por asustarse. Pero como al principio el «hombre honrado» pareció, en efecto, mejorar el juego de ella y empezó a ganar, la abuela misma ya no quiso deshacerse de él. Una hora más tarde los otros dos polaquillos expulsados del Casino aparecieron de nuevo tras la silla de la abuela, ofreciendo una vez más sus servicios, aunque sólo fuera para hacer mandados. Potapych juraba que el «hombre honrado» cambiaba guiños con ellos y, por añadidura, les alargaba algo. Como la abuela no había comido y casi no se había movido de la silla, uno de los polacos quiso, en efecto, serle útil: corrió al comedor del Casino, que estaba allí al lado, y le trajo primero una taza de caldo y después té. En realidad, los dos no hacían más que ir y venir. Al final de la jornada, cuando ya todo el mundo veía que la abuela iba a perder hasta el último billete, había detrás de su silla hasta seis polacos, nunca antes vistos u oídos. Cuando la abuela ya perdía sus últimas monedas, no sólo dejaron de escucharla, sino que ni la tomaban en cuenta, se deslizaban junto a ella para llegar a la mesa, cogían ellos mismos el dinero, tomaban decisiones, hacían apuestas, discutían y gritaban, charlaban con el «hombre honrado» como con un compinche, y el «honrado» casi dejó de acordarse de la existencia de la abuela. Hasta cuando ésta, después de perderlo todo, volvía a las ocho de la noche al hotel, había aún tres o cuatro polacos que no se resignaban a dejarla, corriendo en torno a la silla y a ambos lados de ella, gritando a voz en cuello y perjurando en un rápido guirigay que la abuela les había engañado y debía compensarlos de algún modo. Así llegaron hasta el mismo hotel, de donde por fin los echaron a empujones. Según cálculo de Potapych, en ese solo día había perdido su señora hasta noventa mil rublos, sin contar lo que había perdido la víspera. Todos sus billetes —todas los bonos al cinco por ciento, todas las acciones que llevaba encima—, todo ello lo había ido cambiando sucesivamente. Yo me maravillaba de que hubiera podido aguantar esas siete u ocho horas, sentada en su silla y casi sin apartarse de la mesa, pero Potapych me dijo que en tres ocasiones empezó a ganar de veras sumas considerables, y que, deslumbrada de nuevo por la esperanza, no pudo abandonar el juego. Pero bien saben los jugadores que puede uno estar sentado jugando a las cartas casi veinticuatro horas sin mirar a su derecha o a su izquierda.

En ese mismo día, mientras tanto, ocurrieron también en nuestro hotel incidentes muy decisivos. Antes de las once de la mañana, cuando la abuela estaba todavía en casa, nuestra gente, esto es, el general y Des Grieux, habían acordado dar el último paso. Habiéndose enterado de que la abuela ya no pensaba marcharse, sino que, por el contrario, volvía al Casino, todos ellos (salvo Polina) fueron en comitiva a verla para hablar con ella de manera definitiva y sin rodeos. El general, trepidante y con el alma en un hilo, habida cuenta de las consecuencias tan terribles para él, llegó a sobrepasarse: al cabo de media hora de ruegos y súplicas y hasta de hacer confesión general, es decir, de admitir sus deudas y hasta su pasión por Mademoiselle Blanche (estaba completamente perdido), el general adoptó de pronto un tono amenazador y hasta se puso a chillar a la abuela dando patadas en el suelo. Decía a gritos que deshonraba su nombre, que había escandalizado a toda la ciudad y por último… por último: «¡Deshonra usted el honor ruso, señora —exclamaba— y para casos así está la policía!». La abuela lo arrojó por fin de su lado con un bastón (con un bastón de verdad). El general y Des Grieux tuvieron una o dos consultas más esa mañana sobre si efectivamente era posible recurrir de algún modo a la policía. He aquí, decían, que una infeliz, aunque respetable anciana, víctima de la senilidad, se había jugado todo su dinero, etc., etc. En suma, ¿no se podía encontrar un medio de vigilarla o controlarla?… Pero Des Grieux se limitaba a encogerse de hombros y se reía en las barbas del general, que ya desbarraba abiertamente corriendo de un extremo al otro del gabinete. Finalmente Des Grieux hizo un gesto con la mano y se escabulló. A la noche se supo que había abandonado definitivamente el hotel, después de haber tenido una conversación grave y secreta con Mademoiselle Blanche. Mademoiselle

Blanche, por su parte, tomó medidas definitivas a partir de esa misma mañana. Despidió sin más al general y ni siquiera le permitió que se presentara ante ella. Cuando el general corrió a buscarla en el Casino y la encontró del brazo del príncipe, ni ella ni madame veuve Cominges le reconocieron. El príncipe tampoco le saludó. Todo ese día Mademoiselle Blanche estuvo trabajandose al príncipe para que éste acabara por declararse (sin ambages). Pero, ¡ay!, se equivocó cruelmente en sus cálculos. Esta pequeña catástrofe sucedió también esa noche. De pronto se descubrió que el príncipe era más pobre que Job y que, por añadidura, contaba con pedirle dinero a ella, previa firma de un pagaré, y probar fortuna a la ruleta. Blanche, indignada, le mandó a paseo y se encerró en su habitación. En la mañana de ese mismo día fui a ver a míster Astley, o, mejor dicho, pasé toda la mañana buscando a míster Astley sin poder dar con él. No estaba en casa, ni en el Casino, ni en el parque. No comió en su hotel ese día. Eran más de las cuatro de la tarde cuando tropecé con él; volvía de la estación del ferrocarril al hotel d'Angleterre. Iba de prisa y estaba muy preocupado, aunque era difícil distinguir en su rostro preocupación alguna. Me alargó cordialmente la mano con su exclamación habitual: «¡Ah!», pero no detuvo el paso y continuó su camino apresuradamente. Lo alcancé, pero se las arregló de tal modo para contestarme que no tuve tiempo de preguntarle nada. Además, por no sé qué razón, me daba muchísima vergüenza hablar de Polina. Él tampoco dijo una palabra de ella. Le conté lo de la abuela, me escuchó atenta y gravemente y se encogió de hombros.

— Lo perderá todo —dije.

— Oh, sí —respondió—, porque fue a jugar cuando yo salía y después me enteré que lo había perdido todo. Si tengo tiempo iré al Casino a echar un vistazo porque se trata de un caso curioso…

— ¿A dónde ha ido usted? —grité, asombrado de no haber preguntado antes.

— He estado en Frankfurt.

— ¿Viaje de negocios?

— Sí, de negocios.

Ahora bien, ¿qué más tenía que preguntarle? Sin embargo, seguía caminando junto a él, pero de improviso torció hacia el hotel «*Des Quatre Saisons*» [56], que estaba en el camino, me hizo una inclinación de cabeza y desapareció. Cuando regresaba a casa me di cuenta de que aun si hubiera hablado con él dos horas no habría sacado absolutamente nada en limpio porque… ¡no tenía nada que preguntarle! ¡Sí, por supuesto! No hay manera de poder formular mi pregunta ahora.

Todo ese día lo pasó Polina errando por el parque con los niños y la niñera o recluida en casa. Hacía ya tiempo que evitaba encontrarse con el general y casi no hablaba con él de nada, por lo menos de nada serio. Yo ya había notado esto mucho antes. Pero conociendo la situación en que ahora estaba el general pensé que este no podría dar esquinazo a Polina, es decir, que era imposible que no hubiese una importante conversación entre ellos

56 "Las Cuatro Estaciones".

sobre asuntos de familia. Sin embargo, cuando regresé al hotel después de hablar con míster Astley, me encontré con Polina y los niños. Su rostro reflejaba una serenidad absoluta, como si todas las tormentas familiares hubieran pasado de largo, afectando a todos menos a ella. A mi saludo respondió con una inclinación de cabeza. Llegué a mi habitación lleno de ira.

Yo, naturalmente, había evitado hablar con ella y no la había visto (apenas) desde mi aventura con los Burmerhelm. Cierto es que a veces me había mostrado petulante y bufonesco, pero a medida que pasaba el tiempo sentía nacer en mí verdadera indignación. Aunque no me tuviera ni pizca de cariño, me parecía que no debía pisotear así mis sentimientos ni recibir con tanto desapego mis confesiones. Ella bien sabía que la amaba de verdad, y me toleraba y consentía que le hablara de mi amor. Cierto es que ello había surgido entre nosotros de modo extraño. Desde hacía ya bastante tiempo, cosa de dos meses a decir verdad, había comenzado yo a notar que quería hacerme su amigo, su confidente, y que hasta cierto punto lo había intentado; pero dicho propósito, no sé por qué motivo, no cuajó entonces; y en su lugar habían surgido las extrañas relaciones que ahora teníamos, lo que me llevó a hablar con ella como ahora lo hacía. Pero si le repugnaba mi amor, ¿por qué no me prohibía sencillamente que hablase de él?

No me lo prohibía; hasta ella misma me incitaba alguna vez a hablar y… claro, lo hacía en broma. Sé de cierto —lo he notado bien— que, después de haberme escuchado hasta el fin y soliviantado hasta el colmo, le gustaba desconcertarme con alguna expresión de suprema indiferencia y desdén. Y, no obstante, sabía que no podía vivir sin ella. Habían pasado ya tres días desde el incidente con el barón y yo ya no podía soportar nuestra separación. Cuando poco antes la encontré en el Casino, me empezó a martillear el corazón de tal modo que perdí el color. ¡Pero es que ella tampoco podía vivir sin mí! Me necesitaba y, ¿pero es posible que sólo como bufón o hazmerreír?

Tenía un secreto, era evidente. Su conversación con la abuela fue para mí una dolorosa punzada en el corazón. Mil veces la había instado a ser sincera conmigo y sabía que estaba de veras dispuesto a dar la vida por ella; y, sin embargo, siempre me tenía a raya, casi con desprecio, y en lugar del sacrificio de mi vida que le ofrecía me exigía una travesura como la de tres días antes con el barón. ¿No era esto una ignominia? ¿Era posible que todo el mundo fuese para ella ese francés? ¿Y míster Astley? Pero al llegar a este punto, el asunto se volvía absolutamente incomprensible, y mientras tanto… ¡ay, Dios, qué sufrimiento el mío!

Cuando llegué a casa, en un acceso de furia cogí la pluma y le garrapateé estos renglones: «Polina Aleksandrovna, veo claro que ha llegado el desenlace, que, por supuesto, la afectará a usted también. Repito por última vez: ¿necesita usted mi vida o no? Si la necesita, para lo que sea, disponga de ella. Mientras tanto esperaré en mi habitación, al menos la mayor parte del tiempo, y no iré a ninguna parte. Si es necesario, escríbame o llámeme».

Sellé la nota y la envié con el camarero de servicio, con

orden de que la entregara en propia mano. No esperaba respuesta, pero al cabo de tres minutos volvió el camarero con el recado de que me mandaban «saludos».

Eran más de las seis cuando me avisaron que fuera a ver al general. Éste se hallaba en su gabinete, vestido como para ir a alguna parte. En el sofá se veían su sombrero y su bastón. Al entrar me pareció que estaba en medio de la habitación, con las piernas abiertas y la cabeza caída, hablando consigo mismo en voz alta; mas no bien me vio se arrojó sobre mí casi gritando, al punto de que involuntariamente di un paso atrás y casi eché a correr; pero me cogió de ambas manos y me llevó a tirones hacia el sofá. En él se sentó, hizo que yo me sentara en un sillón frente a él ya sin soltarme las manos, temblorosos los labios y con las pestañas brillantes de lágrimas, me dijo con voz suplicante:

—¡Aleksei Ivanovich, sálveme, sálveme, tenga piedad!

Durante algún tiempo no logré comprender nada. Él no hacía más que hablar, hablar y hablar, repitiendo sin cesar: «¡Tenga piedad, tenga piedad!». Acabé por sospechar que lo que de mí esperaba era algo así como un consejo; o, mejor aún, que, abandonado de todos, en su angustia y zozobra se había acordado de mí y me había llamado sólo para hablar, hablar, hablar.

Desvariaba, o por lo menos estaba muy aturdido. Juntaba las manos y parecía dispuesto a arrodillarse ante mí para que (¿lo adivinan ustedes?) fuera enseguida a ver a Mademoiselle Blanche y le pidiera, le implorara, que volviese y se casara con él.

— Perdón, general —exclamé—, ¡pero si es posible que Mademoiselle Blanche no se haya fijado en mí todavía! ¿Qué es lo que yo puedo hacer?

Era, sin embargo, inútil objetar; no entendía lo que se le decía. Empezó a hablar también de la abuela, pero de manera muy inconexa. Seguía aferrado a la idea de llamar a la policía.

— Entre nosotros, entre nosotros —comenzó, hirviendo súbitamente de indignación—, en una palabra, entre nosotros, en un país con todos los adelantos, donde hay autoridades, hubieran puesto inmediatamente bajo tutela a viejas como ésa. Sí, señor mío, sí —continuó, adoptando de pronto un tono de reconvención, saltando de su sitio y dando vueltas por la habitación—, usted todavía no sabía esto, señor mío —dijo dirigiéndose a un imaginario señor suyo en el rincón—; pues ahora lo sabe usted… sí, señor… en nuestro país a tales viejas se las mete en cintura, en cintura, en cintura, sí, señor.. ¡Oh, qué demonio!

Y se lanzó de nuevo al sofá; pero un minuto después, casi sollozando y sin aliento, se apresuró a decirme que Mademoiselle Blanche no se casaba con él porque en lugar de un telegrama había llegado la abuela y ahora estaba claro que no heredaría. Él creía que yo no sabía aún nada de esto. Empecé a hablar de Des Grieux; hizo un gesto con la mano: «Se ha ido. Todo lo mío lo tengo hipotecado con él: ¡me he quedado en cueros! Ese dinero que trajo usted… ese dinero… no sé cuánto era, parece que quedan setecientos francos, y… bueno, eso es todo, y en cuanto al futuro… no sé, no sé».

— ¿Cómo va a pagar usted el hotel? —pregunté alarmado—; ¿y después qué hará usted?

Me miraba pensativo, pero parecía no comprender y quizá ni siquiera me había oído. Probé a hablar de Polina Aleksandrovna, de los niños, me respondió con premura: «¡Sí, sí! », pero enseguida volvió a hablar del príncipe, a decir que Blanche se iría con él y entonces… y entonces… ¿Qué voy a hacer, Aleksei Ivanovich? —preguntó, volviéndose de pronto a mí—, ¡Juro a Dios que no lo sé! ¿Qué voy a hacer? Dígame, ¿ha visto usted ingratitud semejante? ¿No es verdad que es ingratitud? —Por último, se disolvió en un torrente de lágrimas.

Nada cabía hacer con un hombre así. Dejarle solo era también peligroso; podía ocurrirle algo. De todos modos, logré librarme de él, pero advertí a la niñera que fuera a verle a menudo y hablé además con el camarero de servicio, chico despierto, quien me prometió vigilar también por su parte.

Apenas dejé al general cuando vino a verme Potapych con una llamada de la abuela. Eran las ocho, y esta acababa de regresar del Casino después de haberlo perdido todo. Fui a verla. La anciana estaba en su silla, completamente agotada y, a juzgar por las trazas, enferma. Marfa le daba una taza de té y la obligaba a beberlo casi a la fuerza. La voz y el tono de la abuela habían cambiado notablemente.

— Dios te guarde, amigo Aleksei Ivanovich —dijo con lentitud e inclinando gravemente la cabeza—. Lamento volver a molestarte; perdona a una mujer vieja. Lo he dejado allí todo, amigo mío, casi cien mil rublos. Hiciste bien en no ir conmigo ayer. Ahora no tengo dinero, ni un ochavo. No quiero quedarme aquí un minuto más y me marcho a las nueve y media. He mandado un recado a ese inglés tuyo, Astley, ¿no es eso? y quiero pedirle prestados tres mil francos por una semana. Convéncele, pues, de que no tiene nada que temer y de que no me lo niegue. Todavía, amigo, soy bastante rica. Tengo tres fincas rurales y dos urbanas; sin contar el dinero, pues no me lo traje todo. Digo esto para que no tenga recelo alguno... ¡Ah, aquí viene! Bien se ve que es un hombre bueno.

Míster Astley vino así que recibió la primera llamada de la abuela. No mostró recelo alguno y no habló mucho. Al momento le contó tres mil francos bajo pagaré que la abuela firmó. Acabado el asunto, saludó y se marchó de prisa.

—Y tú vete también ahora, Aleksei Ivanovich. Falta hora y pico y quiero acostarme, me duelen los huesos. No seas duro conmigo, con esta vieja imbécil. En adelante no acusaré a la gente joven de frivolidad, y hasta me parecería pecado acusar a ese infeliz general vuestro. Pero, con todo, no le daré dinero a pesar de sus deseos, porque en mi opinión es un necio; sólo que yo, vieja imbécil, no tengo más seso que él. La verdad es que Dios pide cuentas y castiga la soberbia incluso en la vejez. Bueno, adiós. Marfusha, levántame.

Yo, sin embargo, quería despedir a la abuela. Además, estaba un poco a la expectativa, aguardando que de un momento a otro sucediese algo. No podía parar quieto en mi habitación. Salía al pasillo, y hasta erré un momento por la avenida. Mi carta a Polina era clara y terminante y la presente catástrofe, por supuesto, definitiva. En el hotel oí hablar de la marcha de Des Grieux. En fin de cuentas, si me rechazaba como amigo quizá no me rechazase como criado, pues me necesitaba aunque sólo fuera para hacer mandados. Le sería útil, ¡cómo no!

A la hora de la salida del tren corrí a la estación y acomodé a la abuela. Todos tomaron asiento en un compartimiento reservado. «Gracias, amigo, por tu afecto desinteresado —me dijo al despedirse— y repite a Praskovya lo que le dije ayer: que la esperaré».

Fui a casa. Al pasar junto a las habitaciones del general tropecé con la niñera y pregunté por él. «Está bien, señor» —me respondió abatida—. No obstante, decidí entrar un momento, pero me detuve a la puerta del gabinete presa del mayor asombro. Mademoiselle Blanche y el general, a cual mejor, estaban riendo a carcajadas. La veuve Cominges se hallaba también allí, sentada en el sofá. El general, por lo visto, estaba loco de alegría, parloteaba toda clase de sandeces y se deshacía en una risa larga y nerviosa que le encogía el rostro en una incontable multitud de arrugas, entre las que desaparecían los ojos. Más tarde supe por la propia Mademoiselle Blanche que, después de mandar a paseo al príncipe y habiéndose enterado del llanto del general, decidió consolar a éste y entró a verle un momento. El pobre general no sabía que ya en ese momento estaba echada su suerte, y que Blanche había empezado a hacer las maletas para irse volando a París en el primer tren del día siguiente.

En el umbral del gabinete del general cambié de parecer y me escurrí sin ser visto. Subí a mi cuarto, abrí la puerta y en la semioscuridad noté de pronto una figura sentada en una silla, en el rincón, junto a la ventana. No se levantó cuando yo entré. Me acerqué, miré... y se me cortó el aliento: era Polina.

Capítulo 14

Lancé un grito.

— ¿Qué pasa?, ¿qué pasa? —me preguntó en tono raro. Estaba pálida y su aspecto era sombrío.

— ¿Cómo qué pasa? ¿Usted? ¿Aquí en mi cuarto?

— Si vengo, vengo toda. Esa es mi costumbre. Lo verá usted pronto. Encienda una vela.

Encendí la vela. Se levantó, se acercó a la mesa y me puso delante una carta abierta.

— Lea —me ordenó.

— Esta... ¡Esta es la letra de Des Grieux! —exclamé tomando la carta. Me temblaban las manos y los renglones me bailaban ante los ojos. He olvidado los términos exactos de la carta, pero aquí va, si no palabra por palabra, al menos pensamiento por pensamiento.

«Mademoiselle —escribía Des Grieux—, circunstancias desagradables me obligan a marcharme inmediatamente. Usted misma ha notado, sin duda, que he evitado adrede tener con usted una explicación definitiva mientras no se aclarasen esas circunstancias. La llegada de su anciana pariente (de la vieille dame) y su absurda conducta aquí han puesto fin a mis dudas. El embrollo en que se hallan mis propios asuntos me impide alimentar en el futuro las dulces esperanzas con que me permitió usted embriagarme durante algún tiempo. Lamento el pasado, pero espero que en mi comportamiento no haya usted encontrado nada indigno de un caballero y un hombre de bien (gentilhomme et honnête homme). Habiendo perdido casi todo mi dinero en préstamos a su padrastro, me encuentro en la extrema necesidad de utilizar con provecho lo que me queda. Ya he hecho saber a mis amigos de Petersburgo que procedan sin demora a la venta de los bienes hipotecados a mi favor. Sabiendo, sin embargo, que el irresponsable de su tío ha malversado el propio dinero de usted, he decidido perdonarle cincuenta mil francos y a este fin le devuelvo la parte de hipoteca sobre sus bienes correspondiente a esta suma; así, pues, tiene usted ahora la posibilidad de recuperar lo que ha perdido, reclamándoselo por vía judicial. Espero, mademoiselle, que, tal como están ahora las cosas, este acto mío le resulte altamente beneficioso. Con él espero asimismo cumplir plenamente con el deber de un hombre honrado y un caballero. Créame que el recuerdo de usted quedará para siempre grabado en mi corazón».

— ¿Bueno, y qué? Esto está perfectamente claro —dije volviéndome a Polina—. ¿Esperaba usted otra cosa? —añadí indignado.

— No esperaba nada —respondió con aparente calma, pero con un leve temblor en la voz —Hace tiempo que tomé una decisión. Leía sus pensamientos y sabía lo que pensaba. Él pensaba que yo buscaba... que insistiría... (se detuvo, y sin terminar la frase se mordió el labio y guardó silencio). Aumentó mi desprecio por él —prosiguió de nuevo—, y aguardaba a ver lo que haría. Si llegaba el telegrama sobre la herencia, le hubiera tirado a la cara el dinero que le debía ese idiota (el padrastro) y le hubiera echado con cajas destempladas. Me era odioso desde hacía mucho, muchísimo tiempo. ¡Ah, no era el mismo hombre de antes, mil veces no, y ahora, ahora… ! Oh, con qué felicidad le tiraría ahora, en su vil cara, esos cincuenta mil y le escupiría con desprecio.

— Pero el documento, esa escritura de hipoteca devuelta por valor de cincuenta mil, ¿no está en manos del general? Tómelo y devuélvalo a De Grieux…

— ¡Oh, no es eso, no es eso!

— ¡Sí, es cierto, es cierto que no es eso! Y ahora, ¿qué pasa con el general? ¿Y la abuela?

— ¿Qué tiene que ver la abuela con esto? —preguntó Polina con irritación—. No puedo acudir a ella… y no voy a disculparme con nadie —añadió exasperada.

— ¿Qué hacer? —exclamé—. ¿Cómo puede amar a Des Grieux? ¡Oh, canalla, canalla! ¡Si lo desea, lo desafío a duelo! ¿Dónde está ahora?

— Ha ido a Frankfurt y estará allí tres días.

— ¡Tan solo una palabra de usted y mañana mismo voy allí en el primer tren! —dije con entusiasmo un tanto pueril.

Ella se rió.

— ¿Y qué? Puede que diga: 'Que me devuelvan primero mis cincuenta mil francos'. ¿Por qué luchar con él? ¡Es una tontería!

— Bien, pero ¿dónde, dónde conseguir esos cincuenta mil francos? —repetí rechinando los dientes, como si el dinero pudiera recogerse del suelo.

— Oiga, ¿y míster Astley? —pregunté, de repente iluminado por una peregrina idea.

Le centellearon los ojos.

— ¿Pero qué? ¿Es que tú mismo quieres que me aparte de ti para ver a ese inglés? —preguntó, fijando sus ojos en los míos con mirada penetrante y sonriendo amargamente. Por primera vez en la vida me tuteaba.

Se diría que en ese momento estaba trastornada por la emoción que sentía. De pronto se sentó en el sofá como si estuviera agotada.

Fue como si un relámpago me hubiera alcanzado. No daba crédito a mis ojos ni a mis oídos. ¿Pero qué? Estaba claro que me amaba. ¡Había venido a mí y no a míster Astley! Ella, ella sola, una joven, había venido a mi cuarto, en un hotel, comprometiéndose con ello ante los ojos de todo el mundo… ; y yo, de pie ante ella, no comprendía todavía. Una idea delirante me cruzó por la mente.

— ¡Polina, dame sólo una hora! ¡Espera aquí sólo una hora… volveré! ¡Es… es indispensable! ¡Ya verás! ¡Quédate aquí, quédate aquí!

Y salí corriendo de la habitación sin responder a su mirada inquisitiva y asombrada. Gritó algo tras de mí, pero no me volví.

Sí, a veces la idea más absurda, la que parece más imposible, se le clava a uno en la cabeza con tal fuerza que acaba por juzgarla realizable… Más aún, si esa idea va unida a un deseo fuerte y apasionado, acaba uno por considerarla a veces como algo fatal, necesario, predestinado, como algo que es imposible que no suceda, que no ocurra. Quizá haya en ello más: una cierta combinación de presentimientos, un cierto esfuerzo inhabitual de la voluntad, un autoenvenenamiento de la propia fantasía, o quizá otra cosa... no sé. Pero esa noche (que en mi vida olvidaré) me sucedió una maravillosa aventura. Aunque puede ser justificada por la aritmética, lo cierto es que para mí sigue siendo todavía milagrosa. ¿Y por qué, por qué se arraigó en mí tan honda y fuertemente esa convicción y sigue arraigada hasta el día de hoy? Cierto es que ya he reflexionado sobre esto —repito—, no como sobre un caso entre otros (y, por lo tanto, que podría no ocurrir entre otros), sino como algo que tenía que suceder sin falta.

Eran las diez y cuarto. Entré en el casino con una firme esperanza y con una agitación como nunca había sentido hasta entonces. En las salas de juego había todavía bastante público, aunque sólo la mitad del que había por la mañana.

Entre las diez y las once, junto a las mesas de juego, se reúnen los jugadores auténticos, los desesperados. Son individuos para quienes el balneario existe únicamente por la ruleta, y que han venido exclusivamente por ella. Apenas se dan cuenta de lo que sucede a su alrededor y durante toda la temporada no se interesan por nada más que jugar, desde la mañana hasta la noche. Si fuera posible, jugarían de buena gana toda la noche, hasta el amanecer. Siempre se dispersan con enojo cuando se cierra la sala de ruleta a medianoche. Y cuando el croupier más antiguo, justo antes de cerrar la sala a medianoche, anuncia: "*Les trois derniers coups, messieurs*!" [57], están dispuestos a arriesgar todo lo que

57 ¡Los últimos tres juegos, señores!

tienen en los bolsillos en esas tres últimas apuestas, y, en la mayoría de los casos, lo pierden. Yo me acerqué a la misma mesa a la que la abuela había estado sentada poco antes. No había mucha aglomeración, de modo que muy pronto encontré un lugar, de pie, junto a ella. Directamente frente a mí, sobre el paño verde, estaba trazada la palabra "Passe". Este "Passe" es una serie de números desde el 19 hasta el 36 inclusive. La primera serie, del 1 al 18 inclusive, se llama "Manque". ¿Pero a mí qué me importaba nada de eso? No hice cálculos, ni siquiera oí en qué número había caído la última suerte, y no lo pregunté cuando empecé a jugar, como lo hubiera hecho cualquier jugador prudente. Saqué mis veinte federicos de oro y los apunté al "Passe" que estaba frente a mí.

— *Vingt-deux*! [58] —gritó el croupier.

Gané y volví a apostarlo todo: lo anterior y lo ganado.

— *Trente et un*! [59] —anunció el croupier—. ¡He ganado otra vez!

Tenía, pues, en total ochenta federicos de oro. Puse los ochenta a los doce números medios (triple ganancia contra dos probabilidades), giró la rueda y salió el veinticuatro. Me entregaron tres paquetes de cincuenta federicos cada uno y diez monedas de oro. Junto con lo anterior ascendía a doscientos federicos de oro.

Estaba febril y empujé todo el montón de dinero al rojo y de repente volví en mí. Y sólo una vez en toda

58 ¡Veintidós!

59 ¡Treinta y uno!

esa velada, durante toda esa partida, me sentí poseído de terror, helado de frío, sacudido por un temblor de brazos y piernas. Presentí con espanto y comprendí al momento lo que para mí significaría perder ahora. Toda mi vida dependía de esa apuesta.

— Rouge! —gritó el croupier—, y volví a respirar. Ardientes estremecimientos me recorrían el cuerpo. Me pagaron en billetes de banco: en total cuatro mil florines y ochenta federicos de oro (aún en ese estado podía hacer bien mis cuentas).

Recuerdo que luego volví a apostar dos mil florines a los doce números medios y perdí; aposté el oro que tenía además de los ochenta federicos de oro y perdí. Me puse furioso: cogí los últimos dos mil florines que me quedaban y los aposté a los doce primeros números al azar, a lo que saliera, sin pensar. Sin embargo, hubo un momento de espera, parecido a cómo Madame Blanchard, al descender en París desde un globo aerostático, suspendida entre el cielo y la tierra, habría sentido al tocar tierra.

— Quatre! —gritó el croupier. Con la apuesta anterior resultaba de nuevo un total de seis mil florines. Yo tenía ya aire de vencedor; ahora nada, lo que se dice nada, me infundía temor, y coloqué cuatro mil florines al negro. Tras de mí, otros nueve individuos apostaron también al negro. Los croupiers se miraban y cuchicheaban entre sí. En torno, la gente hablaba y esperaba.

Salió el negro. Ya no recuerdo ni el número ni el orden de mis apuestas. Sólo recuerdo, cómo en sueños, que por lo visto gané dieciséis mil florines; seguidamente perdí doce mil de ellos en tres apuestas desafortunadas. Luego puse los últimos cuatro mil a "Passe" (pero ya para entonces no sentía casi nada; estaba sólo a la expectativa, se diría que mecánicamente, vacío de pensamientos) y volví a ganar, y después de ello gané cuatro veces seguidas. Recuerdo que recogía el dinero a montones, y también que los doce números medios en los que aposté salían más a menudo que los demás. Aparecían con regularidad: tres o cuatro veces seguidas, luego fallaban un par de veces y volvían a salir tres o cuatro veces consecutivas. Esta insólita regularidad se presenta a veces en rachas, y por eso se equivocan los jugadores experimentados que hacen cálculos lápiz en mano. ¡Y qué crueles son a veces las ironías de la suerte en estos casos!

Pienso que no había transcurrido más de media hora desde mi llegada. De pronto el croupier me hizo saber que había ganado treinta mil florines, y que como la banca no respondía de mayor cantidad en una sola sesión se suspendía la ruleta hasta el día siguiente. Agarré todo mi oro, me lo metí en el bolsillo, recogí los billetes y pasé seguidamente a otra sala, donde había otra mesa de ruleta; tras mí, agolpada, se vino toda la gente. Al instante me despejaron un lugar y empecé de nuevo a apostar sin orden ni concierto. ¡No sé qué fue lo que me salvó!

Pero de vez en cuando, un atisbo de cautela se agitaba en mi mente. Me aferraba a ciertos números y combinaciones, pero pronto los dejaba y volvía a apuntar inconscientemente. Estaba, por lo visto, muy distraído, y recuerdo que los croupiers corrigieron mi juego más de una vez. Cometí errores groseros. Tenía las sienes bañadas en sudor y me temblaban las manos. También se acercaron apresurados los polacos con su oferta de servicios, pero yo no escuchaba a nadie. La suerte no me volvió la espalda. De pronto se oyó a mi alrededor un rumor sordo y risas. «¡Bravo, bravo!», gritaban todos, y algunos incluso aplaudieron.

Recogí allí también treinta mil florines y la banca fue clausurada hasta el día siguiente.

— ¡Váyase, váyase! —me susurró la voz de alguien a mi derecha. Era la de un judío de Frankfurt que había estado a mi lado todo ese tiempo y que, al parecer, me había ayudado de vez en cuando en mi juego.

— ¡Váyase, por amor de Dios! —murmuró a mi izquierda otra voz.

De una rápida ojeada vi que era una señora de unos treinta años, vestida de manera modesta y digna, con un rostro cansado, de palidez enfermiza, pero que aún conservaba rastros de su anterior belleza. En ese momento estaba yo llenándome el bolsillo de billetes, arrugándolos al hacerlo, y recogía el oro que quedaba en la mesa. Al levantar el último paquete de cincuenta federicos de oro, conseguí deslizarlo en la mano de la pálida señora sin que nadie lo notara. Sentí entonces un grandísimo deseo de hacer eso, y recuerdo que sus dedos finos y delicados me apretaron fuertemente la mano en señal de viva gratitud. Todo ello sucedió en un instante.

Una vez embolsado todo el dinero me dirigí apresuradamente a la mesa de trente et quarente. En torno a ella estaba sentado un público aristocrático. Esto no es ruleta; son cartas. La banca responde de hasta 100.000 táleros de una vez. La apuesta máxima es también aquí de cuatro mil florines. No conocía del todo el juego ni entendía casi ninguna apuesta, salvo la roja y la negra, que también estaban aquí. A ellas me aferré. Todo el casino se agolpó a mi alrededor. No recuerdo si pensé siquiera una vez en Polina durante ese tiempo. Sentía entonces un placer irresistible al atrapar y acumular billetes de banco, que se apilaban frente a mí.

En realidad, era como si la suerte me empujase. En esta ocasión se produjo, casi intencionadamente, una circunstancia que, sin embargo, se repite con alguna frecuencia en el juego. Cae, por ejemplo, la suerte en el rojo y sigue cayendo en él diez, hasta quince veces seguidas. Anteayer oí decir que el rojo había salido veintidós veces consecutivas la semana pasada, algo sin precedentes en la ruleta y de lo cual todo el mundo hablaba con asombro. Como era de esperar, todos abandonaron al momento el rojo y, al cabo de diez veces, casi nadie se atrevía a apostar a él. Pero ninguno de los jugadores experimentados tampoco apuesta entonces al negro. El jugador avezado sabe lo que significa esta «suerte veleidosa»: es inevitable que, después de salir el rojo dieciséis veces, la decimoséptima sea negro. A tal conclusión se lanzan casi todos los novatos, quienes doblan o triplican las apuestas y pierden sumas enormes. Ahora bien, no sé por qué extraño capricho, cuando noté que el rojo había salido siete veces seguidas, continué apostando a él. Estoy convencido de que tuvo algo que ver mi amor propio: quería impresionar a los mirones con mi arrojo insensato y —¡oh, extraño sentimiento!— recuerdo claramente que, sin provocación alguna de mi orgullo, me embargó de repente una terrible sed de riesgo. Quizá después de experimentar tantas sensaciones, mi espíritu no estaba todavía saciado, sino sólo azuzado por ellas, y exigía todavía más sensaciones, cada vez más fuertes, hasta el agotamiento final. Y, de veras que no miento: si las reglas del juego me hubieran permitido apostar cincuenta mil florines de una vez, los hubiera apostado seguramente. En torno mío gritaban que esto era insensato, que el rojo había salido por decimocuarta vez.

— *Monsieur a gagné déjà cent mille florins* [60] —dijo una voz junto a mí.

De pronto volví en mí. ¿Cómo? ¡Había ganado esa noche cien mil florines! ¿Qué más necesitaba? Me arrojé sobre los billetes, los metí a puñados en los bolsillos, sin contarlos, recogí todo el oro, todos los fajos de billetes, y salí corriendo del casino. En torno mío la gente reía al verme atravesar las salas con los bolsillos abultados y al ver los tropiezos que daba por el peso del oro. Creo que pesaba bastante más de veinte libras. Varias manos se alargaron hacia mí. Yo repartía cuanto podía coger, a puñados. Dos judíos me detuvieron a la salida.

— ¡Es usted audaz! ¡Muy audaz! —me dijeron—, pero márchese sin falta mañana por la mañana, lo más temprano posible; de lo contrario lo perderá todo, pero todo…

---

60 El caballero ya ha ganado cien mil florines.

No les hice caso. La avenida estaba oscura, tanto que me era imposible distinguir mis propias manos. Había media versta hasta el hotel. Nunca he tenido miedo a los ladrones ni a los atracadores, ni siquiera cuando era pequeño. Tampoco pensaba ahora en ellos. A decir verdad, no recuerdo en qué iba pensando durante el camino; tenía la cabeza libre de pensamientos. Sólo sentía un enorme deleite: éxito, victoria, poderío, no sé cómo expresarlo. Pasó ante mí también la imagen de Polina. Recordé y me di plena cuenta de que iba a su encuentro, de que pronto estaría con ella, de que le contaría, le mostraría... pero apenas recordaba ya lo que me había dicho poco antes, ni por qué yo había salido; todas esas sensaciones recientes, de hora y media antes, me parecían ahora algo sucedido tiempo atrás, algo superado, vetusto, algo que ya no recordaríamos, porque ahora todo empezaría de nuevo. Cuando ya llegaba casi al final de la avenida me sentí de pronto sobrecogido de espanto: «¿Y si ahora me mataran y robaran?». Con cada paso mi temor se redoblaba. Iba corriendo. Pero al final de la avenida surgió de pronto nuestro hotel, rutilante de luces innumerables. ¡Gracias a Dios, estaba en casa!

Subí corriendo a mi piso y abrí de golpe la puerta. Polina estaba allí, sentada en el sofá, con los brazos cruzados y mirando una vela encendida. Me miró con asombro y, por supuesto, mi aspecto debía de ser bastante extraño en ese momento. Me planté frente a ella y empecé a arrojar sobre la mesa todo mi montón de dinero.

Capítulo 15

Recuerdo que me miró a la cara, con terrible fijeza, pero sin moverse de su sitio para cambiar de postura.

— He ganado 200.000 francos —exclamé, arrojando el último envoltorio. La ingente masa de billetes y paquetes de monedas de oro cubría toda la mesa. Yo no podía apartar los ojos de ella. Durante algunos minutos olvidé por completo a Polina. Ora empezaba a poner orden en este cúmulo de billetes de banco juntándolos en fajos, ora ponía el oro aparte en un montón especial, ora lo dejaba todo y me ponía a pasear rápidamente por la habitación; a ratos reflexionaba, luego volvía a acercarme impulsivamente a la mesa y empezaba a contar de nuevo el dinero. De pronto, como si hubiera recobrado el juicio, me abalancé a la puerta y la cerré con dos vueltas de llave. Luego me detuve, sumido en mis reflexiones, delante de mi pequeña maleta.

— ¿No sería mejor guardarlo en la maleta hasta mañana? —pregunté, volviéndome hacia Polina, de quien me acordé de pronto.

Ella seguía inmóvil en su asiento, en el mismo sitio, pero me observaba fijamente. Había algo raro en la expresión de su rostro, y no me agradaba esa expresión. No me equivoco si digo que en él se retrataba el aborrecimiento. Me acerqué de prisa a ella.

— Polina, aquí tiene veinticinco mil florines, o sea, cincuenta mil francos; más todavía. Tómelos y tíreselos mañana a la cara.

No me contestó.
— Si quiere usted, yo mismo se los llevo mañana temprano. ¿Qué dice?
De pronto se echó a reír y estuvo riendo largo rato. Yo la miraba asombrado y apenado. Esa risa era muy semejante a aquella otra frecuente y sarcástica con que siempre recibía mis declaraciones más apasionadas. Cesó de reír por fin y arrugó el entrecejo. Me miraba con severidad, ceñudamente.
— No tomaré su dinero —dijo con desprecio.
— ¿Cómo? ¿Qué pasa? —grité—. Polina, ¿por qué no?
— No tomo dinero de balde.
— Se lo ofrezco como amigo. Le ofrezco a usted mi vida.
Me dirigió una mirada larga y escrutadora como si quisiera atravesarme con ella.
— Usted paga mucho —dijo con una sonrisa irónica—. La amante de Des Grieux no vale cincuenta mil francos.
— Polina, ¿cómo es posible que hable usted así conmigo? —exclamé en tono de reproche—. ¿Soy yo acaso Des Grieux?
— ¡Le detesto a usted! ¡Sí… sí… ! No le quiero a usted más que a Des Grieux —exclamó con ojos relampagueantes.
Y en ese instante se cubrió la cara con las manos y tuvo un ataque de histeria. Yo corrí a su lado.
Comprendí que le había sucedido algo en mi ausencia. Parecía no estar del todo en su juicio.
— ¡Cómprame! ¿Quieres? ¿Quieres? ¿Por cincuenta mil francos como Des Grieux? —exclamaba entre sollozos convulsivos. Yo la cogí en mis brazos, le besé las manos y caí de rodillas ante ella.

El ataque de histeria pasó. Me puso ambas manos en los hombros y me miró fijamente. Parecía querer leer algo en mi rostro. Me escuchaba, pero al mismo tiempo daba la impresión de no oír nada de lo que decía. Había algo de ansiedad y preocupación en su semblante que me inquietaba, porque daba la sensación de que realmente iba a perder la razón. De pronto, me atrajo suavemente hacia ella, y una sonrisa confiada apareció en su rostro; pero, de repente, me apartó de nuevo y me miró con gesto sombrío. De repente, se abalanzó para abrazarme.

— ¿Así que me quieres? ¿Me quieres? —decía—. ¡Así que querías batirte con el barón por mí! — Y soltó una carcajada, como si acabara de recordar algo entre ridículo y divertido. Lloraba y reía al mismo tiempo. Pero yo, ¿qué podía hacer? Yo mismo estaba febril. Recuerdo que empezó a hablarme de algo, pero apenas entendí nada. Parecía estar en un estado de excitación, hablando de forma atropellada, como si quisiera contarme todo lo posible en el menor tiempo, riendo de forma tan alegre que terminó por asustarme.

— ¡No, no, tú eres bueno, tú eres bueno! —repetía—. ¡Tú eres mi amigo fiel! —y volvía a ponerme las manos en los hombros, me miraba y seguía diciendo: «Tú me quieres… me quieres… ¿me querrás?». Yo no apartaba los ojos de ella; nunca antes había visto en ella este tipo de arrebatos de ternura y amor. Por supuesto, era un delirio, pero aun así… Al notar mi mirada apasionada, empezó de pronto a sonreír con picardía. De repente, cambió de tema y se puso a hablar de míster Astley.

Hablaba de míster Astley sin parar (especialmente cuando trataba de explicarme algo sobre esa velada), pero no logré entender lo que quería decir exactamente. Incluso parecía que se reía de él. Repetía una y otra vez que él la estaba esperando... ¿sabía yo que probablemente estaba justo ahora debajo de la ventana? «¡Sí, sí, debajo de la ventana; anda, abre, mira, mira, está ahí, ahí!» Me empujaba hacia la ventana, pero en cuanto hacía yo un movimiento, rompía a reír. Me quedaba junto a ella y entonces se lanzaba a abrazarme de nuevo.

— ¿Nos vamos? Porque nos vamos mañana, ¿no? —idea que se le metió de repente en la cabeza—. Bueno (y se puso a pensar). Bueno, pues alcanzamos a la abuela, ¿qué te parece? Creo que la alcanzaremos en Berlín. ¿Qué crees que dirá cuando nos vea? ¿Y míster Astley? Bueno, ése no se tirará desde lo alto del Schlangenberg, ¿no crees? (soltó una carcajada). Oye, ¿sabes adónde va el verano que viene? Quiere ir al Polo Norte a hacer investigaciones científicas y me invita a acompañarle, ¡ja, ja, ja! Dice que nosotros los rusos no podemos hacer nada sin los europeos y que no somos capaces de nada... ¡Pero él también es bueno! ¿Sabes que disculpa al general? Dice que si Blanche, que si la pasión..., pero no sé, no sé —repitió de pronto como perdiendo el hilo—. ¡Pobres! ¡Qué lástima me da de ellos! Y la abuela... Pero oye, oye, ¿tú no habrías matado a Des Grieux? ¿De veras, de veras pensabas matarlo? ¡Tonto! ¿De veras podías creer que te dejaría batirte con él? Y tampoco matarás al barón —añadió, riendo—. ¡Ay, qué divertido estuviste entonces con el barón! Os estaba mirando a los dos desde el banco. ¡Y de qué mala gana fuiste cuando te mandé! ¡Cómo me reí, cómo me reí entonces! —añadió entre carcajadas.

Y de nuevo empezó a besarme y abrazarme, de nuevo a apretar su rostro contra el mío con pasión y ternura. Yo no pensaba en nada ni nada oía. La cabeza me daba vueltas...

Creo que eran alrededor de las siete de la mañana cuando desperté. El sol iluminaba la habitación. Polina estaba sentada junto a mí, mirando a su alrededor de forma extraña, como si estuviera saliendo de un letargo y tratando de ordenar sus recuerdos. También parecía que acababa de despertar. Sus ojos se detenían en la mesa y en el dinero. A mí me pesaba y dolía la cabeza. Quise coger a Polina de la mano, pero ella me rechazó y, de un salto, se levantó del sofá. El día naciente se anunciaba encapotado; había llovido antes del alba. Se acercó a la ventana, la abrió, asomó la cabeza y el pecho, y apoyándose en los brazos, con los codos pegados al marco de la ventana, pasó tres minutos sin volverse hacia mí ni escuchar lo que le decía. Me pregunté con espanto qué pasaría ahora y cómo terminaría todo esto. De pronto, se apartó de la ventana, se acercó a la mesa y, mirándome con una expresión de odio infinito, con los labios temblorosos de furia, me dijo:

— ¡Bien, ahora dame mis cincuenta mil francos!

— Polina, ¿otra vez? ¿Otra vez? —empecé a decir.

— ¿O es que lo has pensado mejor? ¡Ja, ja, ja! ¿Quizá ahora te arrepientes?

En la mesa había veinticinco mil florines que ya estaban contados la noche anterior. Los tomé y se los di.

— ¿Así que ahora son míos? ¿No es eso? ¿No es eso? —me preguntó con malicia mientras sostenía el dinero en las manos.

— ¡Siempre fueron tuyos! —dije yo.

— ¡Pues ahí tienes tus cincuenta mil francos! —gritó, levantando el brazo y lanzándome el paquete. Me golpeó cruelmente en la cara y el dinero se desparramó por el suelo. Después de esto, Polina salió corriendo del cuarto. Sé, por supuesto, que en ese momento no estaba en su sano juicio, aunque no comprendo la causa de esa alteración pasajera. Es cierto que, incluso hoy, un mes después, sigue enferma. ¿Pero cuál fue el motivo de ese estado suyo y, sobre todo, de esa reacción? ¿Fue el amor propio herido? ¿La desesperación de haber decidido venir a verme? ¿Pensó acaso que yo me estaba jactando de mi buena fortuna, de que, como Des Grieux, quería librarme de ella regalándole cincuenta mil francos? Pero no fue así, lo sé con toda claridad. Creo que su propia vanidad tuvo algo de culpa; esa vanidad la llevó a no creerme, a insultarme, aunque tal vez sólo tuviera una vaga idea de lo que hacía. En tal caso, está claro que yo pagué por Des Grieux y terminé siendo responsable, aunque quizá no demasiado. Es verdad que todo era un delirio; también es verdad que yo sabía que estaba en un estado delirante y… no lo tomé en cuenta. Tal vez no pueda perdonármelo ahora. Sí, ahora, pero en ese momento… ¿en ese momento? ¿Era su enfermedad y delirio tan graves que había olvidado completamente lo que hacía cuando vino a verme con la carta de Des Grieux? ¡Claro que sabía lo que hacía!

Con rapidez, recogí los billetes y el montón de oro, los metí bajo la cama, lo cubrí todo y salí diez minutos después que Polina. Estaba seguro de que había corrido a casa, y yo quería acercarme sin que me notara para preguntarle a la niñera en el vestíbulo por la salud de su señorita. ¡Cuál no sería mi sorpresa cuando me enteré por la niñera, a quien encontré en la escalera, de que Polina no había vuelto todavía a casa y que la niñera misma iba camino a la mía a buscarla!

— Hace un momento —le dije—, hace sólo un momento que se separó de mí; hace diez minutos. ¿Dónde podrá haberse metido?

La niñera me miró con reproche.

Y mientras tanto salió a relucir todo el lance, que ya circulaba por el hotel. En la conserjería y entre las gentes del Oberkellner se murmuraba que la Fraulein había salido corriendo del hotel, bajo la lluvia, con dirección al Hotel d'Angleterre. Por sus palabras y alusiones me percaté de que ya todo el mundo sabía que había pasado la noche en mi cuarto. Por otra parte, hablaban ya de toda la familia del general: se supo que este había perdido el juicio la víspera y había estado llorando por todo el hotel. Decían, además, que la abuela era su madre, que había venido ex professo de Rusia para impedir que su hijo se casase con mademoiselle de Cominges y que si éste desobedecía, le privaría de la herencia; y como efectivamente había desobedecido, la condesa, ante los propios ojos de su hijo, había perdido aposta todo su dinero a la ruleta para que no heredase nada. «*Diese*

Russen!» [61] —repetía el Oberkellner meneando la cabeza con indignación. Otros reían. El Oberkellner preparó la cuenta. Se sabía ya lo de mis ganancias. Karl, el camarero de mi piso, fue el primero en darme la enhorabuena. Pero yo no tenía humor para atenderlos. Salí disparado para el Hotel d'Angleterre.

Era todavía temprano y míster Astley no recibía a nadie, pero cuando supo que era yo, salió al pasillo y se me puso delante, mirándome de hito en hito con sus ojos acerados y esperando a ver lo que yo decía. Le pregunté al instante por Polina.

— Está enferma —respondió míster Astley, quien seguía mirándome con fijeza y sin apartar de mí los ojos.

— ¿De modo que está con usted?

— ¡Oh, sí! Está conmigo.

— ¿Así es que usted… que usted tiene la intención de retenerla consigo?

— Oh, sí! Tengo esa intención.

— Míster Astley, eso provocaría un escándalo; eso no puede ser. Además, está enferma de verdad. ¿No lo ha notado usted?

— ¡Oh, sí! Lo he notado, y ya he dicho que está enferma. Si no lo estuviese no habría pasado la noche con usted.

— ¿Así que usted también sabe eso?

— Lo sé. Ella iba a venir aquí anoche y yo iba a llevarla a casa de una pariente mía, pero como estaba enferma se equivocó y fue a casa de usted.

61 ¡Estos rusos!

— ¡Hay que ver! Bueno, le felicito, míster Astley. A propósito, me hace usted pensar en algo. ¿No pasó usted la noche bajo nuestra ventana? Miss Polina me estuvo pidiendo toda la noche que la abriera y que mirase a ver si estaba usted bajo ella, y se reía a carcajadas.

— ¿De veras? No, no estuve debajo de la ventana; pero sí estuve esperando en el pasillo y dando vueltas.

— Pues es preciso ponerla en tratamiento, míster Astley.

— Oh, sí! Ya he llamado al médico; y si muere, le haré a usted responsable de su muerte.

Me quedé perplejo.

— Vamos, míster Astley, ¿qué es lo que quiere usted?

— ¿Es cierto que ganó usted ayer 200.000 táleros?

— Sólo 100.000 florines.

— Vaya, hombre. Se irá usted, pues, esta mañana a París.

— ¿Por qué?

— Todos los rusos que tienen dinero van a París —dijo míster Astley con la voz y el tono de quien recita algo leído en un libro.

— ¿Qué haría yo en París ahora, en verano? La quiero, míster Astley, usted lo sabe.

— ¿De veras? Estoy convencido de que no. Además, si se queda aquí, probablemente lo perderá todo y no tendrá con qué ir a París. Bueno, adiós. Estoy completamente seguro de que hoy irá a París.

— Pues bien, adiós, pero no iré a París. Piense, míster Astley, en lo que será de nosotros ahora. En una palabra: el general… y esta aventura con miss Polina; porque lo sabrá toda la ciudad.

— Sí, toda la ciudad. Creo, sin embargo, que al general no le importa y que le trae sin cuidado. Además, miss Polina tiene el derecho perfecto de vivir donde le plazca. En cuanto a esa familia, cabe decir que en rigor ya no existe. Me fui, riéndome del extraño convencimiento que tenía este inglés de que yo me iría a París. «Con todo, quiere matarme de un tiro en duelo —pensaba— si mademoiselle Polina muere. ¡Vaya complicación!» Juro que sentía lástima por Polina, pero, cosa curiosa, desde el momento en que la víspera me acerqué a la mesa de juego y empecé a amontonar fajos de billetes, mi amor por ella pareció desplazarse a un segundo plano. Esto lo digo ahora, pero entonces no me daba cuenta. ¿Soy realmente un jugador? ¿Amaba a Polina de un modo tan extraño? No, la sigo amando en este momento, bien lo sabe Dios. Cuando me separé de míster Astley y fui a casa, sufría de verdad y me culpaba a mí mismo. Pero... entonces me sucedió un lance extraño y ridículo.

Iba deprisa a ver al general cuando, no lejos de sus habitaciones, se abrió una puerta y alguien me llamó. Era madame veuve Cominges, que me llamaba por orden de Mademoiselle Blanche. Entré en la habitación de esta última. Su alojamiento era exiguo, compuesto de dos habitaciones. Oí la risa y los gritos de Mademoiselle Blanche desde la alcoba. Se estaba levantando de la cama.

— *¡Ah, c'est lui! Viens donc, bête! Es cierto que tu as gagné une montagne d'or et d'argent? J'aimerais mieux l'or.* [62]

62 ¡Ah, es él! ¡Ven aquí, tonto! ¿Es cierto que has ganado una montaña de oro y plata? Preferiría el oro.

— La he ganado —dije riendo.

— ¿Cuánto?

— Cien mil florines.

— *Bibi, comme tu es bête. Sí, anda, acércate, que no oigo nada. Nous ferons bombance, n'est—ce pas?* [63]

Me acerqué a ella. Se retorcía bajo una colcha de raso color rosa, de debajo de la cual surgían unos hombros maravillosos, morenos y robustos, como los que quizá solo se ven en sueños, medio cubiertos por un camisón de batista adornado con encajes blanquísimos que combinaban perfectamente con su piel oscura.

— *Mon fils, as—tu du coeur?* [64] —gritó al verme, y soltó una carcajada. Se reía siempre con mucho alborozo y, a veces, con sinceridad.

— *Tout autre...* [65] —empecé a decir, parafraseando a Corneille.

— Pues mira, vois—tu —parloteó de pronto—, en primer lugar, búscame las medias y ayúdame a calzarme; y, en segundo lugar, *si tu n'es pas trop béte, je te prends à Paris.* [66] ¿Sabes? Me voy enseguida.

— ¿Enseguida?

— Dentro de media hora.

En efecto, estaba hecho el equipaje. Todas las maletas y los efectos estaban listos. Se había servido el café hacía ya rato.

---

63 Bibi, que tonto eres. ... Tendremos un banquete, ¿no?

64 Hijo mío, ¿eres valiente?

65 Cualquier otro...

66 Si no eres tan tonto te llevaré a París.

— Eh, bien! ¿Quieres? *Tu verras Paris. Dis donc, qu'est—ce que c'est qu'un outchitel? Tu étais bien bête, quand tu étais outchitel!* [67] ¿Dónde están mis medias? ¡Pónmelas, anda! Levantó un pie verdaderamente admirable, moreno, pequeño, perfecto de forma, como lo son por lo común esos piececitos que lucen tan bien en botines. Yo, riendo, me puse a estirar la media de seda. Mademoiselle Blanche mientras tanto parloteaba sentada en la cama.

— *Eh bien, que feras—tu si je te prends avec? Para empezar je veux cinquante mille francs. Me los darás en Frankfurt. Nous allons à Paris. Allí viviremos juntos et je te ferai voir des étoiles en plein jour.* [68] Verás mujeres como no las has visto nunca. Escucha…

— Espera, si te doy cincuenta mil francos, ¿qué es lo que me queda a mí?

— *Et cent cinquante mille francs* [69], ¿lo has olvidado? y, además, estoy dispuesta a vivir contigo un mes, dos meses, *que sais—je?* [70] No cabe duda de que en dos meses nos gastaremos esos ciento cincuenta mil francos. Ya ves que *je suis bonne enfant* [71] y que te lo digo de antemano,

---

67 Verás París. Dime, ¿qué es un outchitel? ¡Eras muy estúpido cuando eras outchitel!

68 Bueno ¿qué harás si te llevo conmigo? ... quiero cincuenta mil francos ... Vamos a París. Viviremos juntos y te enseñaré las estrellas a plena luz del día.

69 Y ciento cincuenta mil francos.

70 ¿Qué sé yo?

71 Soy buena niña.

mais tu verras des étoiles. [72]
— ¿Cómo? ¿Gastarlo todo en dos meses?
— ¿Y qué? ¿Te asusta eso? Ah, *vil esclave*! [73] ¿Pero no sabes que un mes de esa vida vale más que toda tu existencia? Un mes… *et aprés le déluge! Mais tu ne peux comprendre, va*! [74] ¡Vete, vete de aquí, que no lo vales! *Aïe, que fais—tu*? [75]
En ese momento estaba yo poniéndole la otra media, pero no pude contenerme y le besé el pie. Ella lo retiró y con la punta de él comenzó a darme en la cara. Acabó por echarme de la habitación.
— *Eh bien, mon outchitel, je t'attends, si tu veux*, [76] ¡dentro de un cuarto de hora me voy! —gritó tras mí.
Cuando volvía a mi cuarto me sentía mareado. Pero, al fin y al cabo, no tengo la culpa de que mademoiselle Polina me tirara todo el dinero a la cara ni de que ayer, por añadidura, prefiriera míster Astley a mí. Algunos de los billetes estaban aún desparramados por el suelo. Los recogí. En ese momento se abrió la puerta y apareció el Oberkellner (que antes ni siquiera se dignaba a mirarme) con la invitación de que, si me parecía bien, me mudara abajo, a un aposento soberbio, ocupado hasta poco antes por el conde V.
Yo, de pie, reflexioné.

72 Pero verás estrellas.

73 Pobre esclavo!

74 Y después lo que sea! Pero no lo puedes entender, que va!

75 ¿Qué estás haciendo?

76 Bueno, mi outchitel, te espero, si quieres,

— ¡La cuenta! —exclamé—. Me voy al instante, en diez minutos. «Pues si ha de ser París, a París» —pensé para mis adentros. Puede que sea el destino.

Un cuarto de hora después estábamos, en efecto, los tres sentados en un compartimiento reservado: Mademoiselle Blanche, madame veuve Cominges y yo. Mademoiselle Blanche me miraba riéndose, casi al borde de la histeria. Veuve Cominges la secundaba; yo diré que estaba alegre. Mi vida se había partido en dos, pero ya estaba acostumbrado desde el día antes a arriesgarlo todo a una carta. Quizá, y efectivamente es cierto, ese dinero era demasiado para mí y me había trastornado. *Peut-être, je ne demandais pas mieux* [77]. Me parecía que por algún tiempo —pero sólo por algún tiempo— había cambiado la decoración. «Ahora bien, dentro de un mes estaré aquí, y entonces… y entonces nos veremos las caras, míster Astley». No, por lo que recuerdo ahora ya entonces me sentía terriblemente triste, aunque rivalizaba con la tonta de Blanche a ver quién soltaba las mayores carcajadas.

— ¿Pero qué tienes? ¡Qué bobo eres! ¡Oh, qué bobo! —chillaba Blanche, interrumpiendo su risa y riñéndome en serio—. Pues sí, pues sí, sí, nos gastaremos tus doscientos mil francos, pero… *mais tu seras heureux, comme un petit roi* [78]; yo misma te haré el nudo de la corbata y te presentaré a Hortense. Y cuando nos gastemos todo nuestro dinero vuelves aquí y una vez más harás saltar la banca. ¿Qué te

77 Quizás era justo lo que pedía.

78 Pero serás feliz, como un pequeño rey.

dijeron los judíos? Lo importante es la audacia, y tú la tienes, y más de una vez me llevarás dinero a París. *Quant à moi, je veux cinquante mille francs de rente et alors...* [79]

— ¿Y el general? —le pregunté.

— El general, como bien sabes, viene ahora a verme todos los días con un ramo de flores. Esta vez le he mandado a propósito que busque flores muy raras. Cuando vuelva el pobre, ya habrá volado el pájaro. Nos seguirá a toda prisa, ya veras. ¡Ja, ja, ja! ¡Qué contenta estaré con él! En París me será útil. Míster Astley pagará aquí por él...

Y he aquí cómo fui entonces a París.

79 En cuanto a mí, quiero cincuenta mil francos y eso qué...

Capítulo 16

¿Qué diré de París? Todo ello, por supuesto, fue una locura y estupidez. En total permanecí en París algo más de tres semanas, y en ese tiempo se volatilizaron por completo mis cien mil francos. Hablo sólo de cien mil; los otros cien mil se los di a mademoiselle Blanche en dinero contante y sonante: cincuenta mil en Frankfurt, y al cabo de tres días en París le entregué cincuenta mil más en un pagaré, por el cual me sacó también dinero al cabo de ocho días. «*Et les cent mille francs que nous restent tu les mangeras avec moi, mon outchitel*». [80] Me llamaba siempre «outchitel». Es difícil imaginarse nada más mezquino, más avaro, más ruin que la clase de criaturas a las que pertenecía mademoiselle Blanche. Pero esto en cuanto a su propio dinero. En lo tocante a mis cien mil francos, me dijo más tarde, sin rodeos, que los necesitaba para su instalación inicial en París: «Puesto que ahora me establezco como Dios manda y durante mucho tiempo nadie me quitará del sitio; al menos así lo tengo proyectado», añadió. Yo, sin embargo, casi no vi esos cien mil francos. Era ella quien siempre guardaba el dinero, y en mi bolsillo, donde ella misma huroneaba todos los días, nunca había más de cien francos y casi siempre menos.

80 Y te gastarás los cien mil francos que nos quedan conmigo, mi outchitel.

— ¿Pero para qué necesitas dinero? —me preguntaba de vez en cuando con la mayor sinceridad; y yo no discutía con ella. Ahora bien, con ese dinero fue amueblando y decorando su apartamento de una manera muy decente, y cuando más tarde me condujo al nuevo domicilio me decía, enseñándome las habitaciones: «Mira lo que con cálculo y gusto se puede hacer aun con los medios más míseros». Esa miseria ascendía, sin embargo, a cincuenta mil francos, ni más ni menos. Con los cincuenta mil restantes se procuró un carruaje y caballos, además de organizar dos bailes, o mejor dicho, dos veladas a las que asistieron Hortense, Lisette y Cléopâtre, mujeres notables por muchos conceptos y hasta bastante guapas. En esas dos veladas me vi obligado a desempeñar el estúpido papel de anfitrión, recibiendo y entreteniendo a comerciantes ricos e insoportables, llenos de ignorancia y descaro, a varios tenientes del ejército, a escritorzuelos miserables y a insectos del periodismo. Llegaban vestidos de frac, muy a la moda, con guantes pajizos y mostrando un orgullo y una arrogancia inconcebibles, incluso para nosotros en Petersburgo, lo que ya es decir. Incluso se atrevieron a burlarse de mí, pero me emborraché con champán y terminé tumbado en un cuarto trasero. Todo aquello me resultaba profundamente repugnante. «C'est un outchitel —decía de mí Mademoiselle Blanche— *il a gagné deux cent mille francs* [81] y no sabría gastarlos sin mí. Más tarde volverá a ser tutor. ¿No sabe aquí nadie dónde colocarlo?

81 Es un outchitel... Ganó doscientos mil francos.

Hay que hacer algo por él». Recurrí muy a menudo al champán porque, con frecuencia, me sentía terriblemente triste y aburrido. Vivía en un ambiente completamente burgués, de lo más mercenario, donde todo se calculaba y cada sou se llevaba registrado. Durante los primeros quince días, Blanche no me tenía mucho cariño, cosa que noté. Es cierto que me vistió con elegancia y todos los días me hacía el nudo de la corbata, pero en su interior me despreciaba cordialmente, lo cual, para ser sincero, me tenía sin cuidado. Aburrido y melancólico, empecé a frecuentar el «Château des Fleurs», donde cada noche, sin falta, me emborrachaba y aprendía a bailar el cancán (que allí se baila horriblemente). Con el tiempo, llegué a ganar cierta fama en ello. Por fin, Blanche llegó a entender mi verdadera naturaleza. No sé por qué había imaginado que durante nuestra convivencia yo estaría tras ella con papel y lápiz, anotando cada gasto, cada robo y todo lo que aún quedara por gastar y robar. Por supuesto, estaba segura de que por cada diez francos se armaría entre nosotros una trifulca. Tenía preparada una réplica para cada una de las escenas que imaginaba que yo armaría. Pero cuando vio que no hacía ninguna objeción, empezó a molestarse por su cuenta. Algunas veces se encendía y se ponía a argumentar con ardor, pero al notar que yo guardaba silencio (porque lo normal era que estuviera tumbado en el sofá mirando inmóvil al techo), acababa por sorprenderse. Al principio pensaba que yo era simplemente un idiota, «un outchitel», y se limitaba a interrumpir sus explicaciones, pensando probablemente:

«Pero si es tonto, no hay que explicarle nada, porque ni se entera». Entonces se iba, pero volvía diez minutos después (esto ocurría especialmente en los momentos en que hacía gastos exorbitantes, muy por encima de nuestros medios. Por ejemplo, vendió los caballos que tenía y compró otro tronco por dieciséis mil francos).

— Bueno, ¿entonces no te enfadas, Bibi? —me decía acercándose a mí.

— ¡No! Me fastidias —le respondí apartándola con el brazo. Esto le pareció tan curioso que, al instante, se sentó a mi lado.

— Mira, si decidí pagar tanto es porque los vendían de lance. Se pueden revender por veinte mil francos.

— Sin duda, sin duda. Los caballos son magníficos. Ahora tienes un espléndido tronco. Te va bien. Bueno, basta.

— ¿Entonces no estás enfadado?

— ¿Por qué habría de estarlo? Haces bien en comprar lo que consideras indispensable. Todo te será útil más adelante. Entiendo que necesitas establecerte bien; de lo contrario, no llegarás a ser millonaria. Nuestros cien mil francos no son más que el principio, una gota de agua en el mar.

Lo menos que Blanche esperaba de mí eran tales razonamientos en vez de gritos y reproches; para ella fue como caer del cielo.

— Pero tú... ¡hay que ver cómo eres! *Mais tu as l'esprit pour comprendre! Sais-tu, mon garçon,*[82] aunque sólo eres

82 ¡Pero tienes el ingenio para entender! ¿Sabes, mi chico,

un outchitel, deberías haber nacido príncipe. ¿Así que no lamentas que el dinero se nos acabe pronto?

— Cuanto antes, mejor.

— *Mais... sais-tu... mais dis donc, ¿es que eres rico? Mais, sais-tu, desprecias el dinero demasiado. Qu'est ce que tu feras après, dis donc?* [83]

— Aprés, voy a Homburg y vuelvo a ganar cien mil francos.

— *Oui, oui! c'est ça, c'est magnifique*! [84] Y yo sé que los ganarás y que los traerás aquí. Dis donc, vas a hacer que te quiera. Eh bien, por ser como eres te voy a querer todo este tiempo y no te seré infiel ni una sola vez. Ya ves, no te he querido hasta ahora *parce que je croyais que tu n'es qu'un outchitel (quelque chose comme un laquais, n'est-ce pas?)* [85], pero a pesar de ello te he sido fiel, *parce que je suis bonne fille* [86].

— ¡Anda, que mientes! ¿Es que crees que no te vi la última vez con Albert, con ese oficialito moreno?

— *Oh, oh, mais tu es...* [87]

— Vamos, mientes, mientes, pero ¿piensas que me enfado? Me importa un comino; *il faut que jeunesse se*

---

83 Pero... ¿sabes?... dime, ... Pero, ¿sabes? ... ¿Qué harás después, dime?

84 ¡Sí, sí! Eso es, ¡es magnífico!

85 Porque pensé que eras solo un outchitel (algo así como un lacayo, ¿no?)

86 Porque soy una buena chica.

87 Oh, oh, pero tú eres...

passe [88]. No debes despedirlo si fue mi predecesor y tú le quieres. Ahora bien, no le des dinero, ¿me oyes?

— ¿Así que no te enfadas por eso tampoco? *Mais tu es un vrai philosophe, sais-tu? Un vrai philosophe! —exclamó con entusiasmo—. Eh, bien, je t'aimerai, je t'aimerai, tu verras, tu seras content*! [89]

Y, en efecto, desde ese momento se mostró conmigo muy apegada, se portó hasta con afecto, y así pasaron nuestros últimos diez días. No vi las «estrellas» prometidas; pero en ciertos particulares cumplió de veras su palabra. Por añadidura, me presentó a Hortense que era, a su modo, una mujer admirable y a quien en nuestro círculo llamaban Thérèse Philosophe...

Pero no hay por qué extenderse en estos detalles; todo esto podría constituir un relato especial, con un colorido especial que no quiero intercalar en esta historia. Lo que quiero subrayar es que deseaba con toda el alma que aquello acabara lo antes posible. Pero con nuestros cien mil francos hubo bastante, como ya he dicho, casi para un mes, lo que de veras me maravillaba. De esta suma, ochenta mil francos por lo menos los invirtió Blanche en comprarse cosas: vivimos sólo de veinte mil francos y, sin embargo, fue bastante. Blanche, que en los últimos días era ya casi sincera conmigo (por lo menos no me mentía en algunas cosas), confesó que al menos no recaerían

88 Hay que disfrutar la juventud.

89 Pero eres un verdadero filósofo, ¿sabes? ¡Un verdadero filósofo! ... Bueno, te amaré, te amaré, ya verás, ¡serás feliz!

sobre mí las deudas que se veía obligada a contraer. «No te he dado a firmar cuentas y pagarés porque me ha dado lástima de ti; pero otra lo hubiera hecho sin duda y te hubiera llevado a la cárcel. ¡Ya ves, ya ves, cómo te he querido y lo buena que soy! ¡Sólo que esa endiablada boda me costará un ojo de la cara!»

Y, efectivamente, tuvimos una boda. Se celebró justo al final de nuestro mes, y hay que admitir que en ella se esfumaron los últimos restos de mis cien mil francos. Con eso terminó todo: nuestro mes, nuestra relación, y después de esto me retiré oficialmente.

Todo ocurrió de la siguiente manera: ocho días después de instalarnos en París apareció el general. Vino directamente a ver a Blanche y, tras esa primera visita, prácticamente se quedó a vivir con nosotros. Es cierto que tenía su propio domicilio, no sé dónde, pero Blanche lo recibió con carcajadas, chillidos y una alegría desbordante; incluso se lanzó a abrazarlo. Ella misma no lo soltaba y el general terminó siguiéndola a todas partes: al bulevar, a los paseos en coche, al teatro y a visitar amigos. Para estos fines, el general seguía siendo útil: con su porte todavía impresionante, su estatura relativamente alta, sus patillas y bigote teñidos (había servido en los coraceros) y su rostro agradable, aunque algo adiposo, todavía daba la talla. Sus modales eran impecables, llevaba el frac con soltura y, en París, comenzó a lucir sus condecoraciones. Con alguien así no solo era posible, sino hasta recomendable, si se me permite la expresión, pasear por el bulevar. El bueno y ya inútil general estaba fuera de sí de felicidad, porque no esperaba semejante recibimiento al llegar a París. Cuando se presentó, casi temblaba de miedo, convencido de que Blanche lo recibiría a gritos y lo echaría de inmediato. Pero viendo que la situación tomaba un rumbo completamente distinto, estaba eufórico y pasó todo ese mes en un estado de absurda exaltación, que aún persistía cuando lo dejé. Me enteré de que, tras nuestra repentina partida de Roulettenburg, esa misma mañana había sufrido algo parecido a un ataque. Cayó al suelo inconsciente y pasó toda la semana siguiente delirando. Le pusieron en tratamiento, pero de repente lo dejó todo, se subió al tren y se vino a París. Es evidente que el recibimiento de Blanche fue la mejor medicina para él; sin embargo, a pesar de su alegría y exaltación, los síntomas de su enfermedad persistieron durante mucho tiempo. No podía razonar ni mantener una conversación seria; en esos casos, simplemente asentía con la cabeza y respondía con un «¡hum!» a cada palabra, saliendo así del paso. Reía con frecuencia, con una risa nerviosa y enfermiza que a veces se transformaba en carcajadas, o se quedaba sentado durante horas, sombrío como la noche, con las cejas fruncidas. Por si fuera poco, su memoria fallaba con frecuencia. Se volvió escandalosamente distraído y desarrolló la costumbre de hablar consigo mismo. Blanche era la única capaz de animarlo. En realidad, sus episodios de depresión y taciturnidad, cuando se acurrucaba en un rincón, significaban simplemente que no había visto a Blanche en un tiempo, que ella había salido sin llevarlo consigo o sin dedicarle alguna caricia. A veces, después de estar sentado durante una o dos horas (esto lo observé en varias ocasiones cuando Blanche estuvo fuera todo el día, probablemente con Albert), empezaba a mirar a su alrededor, a inquietarse, a aguzar la vista, como si estuviera buscando algo. Pero al no ver a nadie y no recordar siquiera lo que quería, volvía a caer en su distracción, hasta que Blanche regresaba alegre, vivaz, emperifollada y con su risa sonora. Ella corría hacia él, lo zarandeaba y, a veces, incluso lo besaba, un galardón que, sin embargo, le concedía rara vez. En una ocasión, el general estaba tan emocionado que incluso se echó a llorar, algo que me dejó completamente maravillado.

Tan pronto como el general apareció en París, Blanche comenzó a interceder por él ante mí. Llegó incluso a volverse elocuente; me recordaba que lo había engañado por mí, que había sido casi prometida suya, que le había dado su palabra, que él había abandonado a su familia por ella y, por último, que yo había servido en su casa y que debía recordarlo. ¿Cómo no me daba vergüenza...? Yo me limitaba a callar mientras ella hablaba como una cotorra. Al final solté una risotada, con lo que todo terminó. Es decir, primero me tomó por un imbécil, pero al final quedó con la impresión de que era un hombre bueno y acomodaticio. En resumen, terminé ganándome el beneplácito absoluto de esta digna señorita (Blanche, por cierto, era una chica excelente, claro que en su género; al principio, no la aprecié como tal).

«Eres bueno y listo —me decía hacia el final— y... y...

¡lo único que lamento es que seas tan pazguato! ¡Nunca harás fortuna! ¡*Un vrai Russe, un calmouk*!» [90]
Algunas veces me mandaba sacar al general a pasear por las calles, como un lacayo que lleva a una galguita. Por lo demás, yo lo acompañaba al teatro, al Bal-Mabille y a los restaurantes. Para estos paseos, Blanche daba el dinero, aunque el general tenía su propio dinero y le gustaba sacar la cartera en público. En una ocasión tuve que recurrir casi a la fuerza para impedir que comprara un broche en el Palais Royal por setecientos francos, del que se había encaprichado y que quería regalar a Blanche. ¿Pero qué significaba para ella un broche de setecientos francos? Al general apenas le quedaban mil, y nunca logré saber de dónde los había sacado. Supongo que de míster Astley, ya que fue él quien pagó las deudas del general en el hotel. Respecto a lo que pensaba de mí durante todo ese tiempo, creo que ni siquiera sospechaba mi relación con Blanche. Aunque había oído vagamente que yo había ganado una fortuna, probablemente pensaba que, en la casa de Blanche, yo era algo así como su secretario particular, o quizás solo un criado. De hecho, me hablaba con altivez, en tono autoritario, igual que antes, y de vez en cuando incluso me soltaba una filípica. Una mañana, Blanche y yo no pudimos contener la risa. El general, que no era precisamente una persona susceptible al agravio, de pronto se ofendió conmigo por razones que sigo sin entender. Estoy seguro de que ni él mismo lo sabía.

90 Un auténtico ruso, un almyk!

Se puso a despotricar sin ton ni son, *à bâtons rompus* [91], y gritaba que yo era un pilluelo, que iba a darme una lección, que me haría comprender... Nadie entendió nada. Blanche se partía de risa hasta que, de alguna manera, lograron tranquilizarlo y lo sacaron a pasear. Sin embargo, a menudo noté que se ponía triste, que sentía lástima por algo o alguien, incluso en presencia de Blanche. En esos momentos intentaba hablar conmigo, pero nunca era claro. Sacaba a colación sus años de servicio, a su difunta esposa, sus propiedades, su hacienda. A veces se le ocurría una frase, se entusiasmaba con ella y la repetía cien veces al día, aunque no tuviera ninguna relación con lo que sentía o pensaba. Intenté hablarle de sus hijos, pero evitó el tema con un consabido trabalenguas: «¡Sí, sí! Los niños, los niños, tiene usted razón, los niños». Solo una vez se conmovió de verdad. Fue cuando nos acompañó al teatro y exclamó: «¡Son unos niños infelices!». Durante la velada, repitió esas palabras varias veces. En cambio, cuando mencioné a Polina, montó en cólera: «¡Es una desagradecida! —gritó—. ¡Es mala y desagradecida! ¡Ha deshonrado a la familia! ¡Si aquí hubiera leyes, ya la habría atado en corto! ¡Sí, señor, sí!» Sobre Des Grieux, ni siquiera podía escuchar su nombre. «¡Él me arruinó! —decía—¡Me robó, me destrozó! ¡Fue mi pesadilla durante dos años enteros! ¡Aparecía en mis sueños durante meses seguidos! Es... es... es… ¡Oh, no vuelva usted a hablarme de él!»

---

91 Sin sentido.

Vi que estaban tramando algo, pero guardé silencio, como de costumbre. Fue Blanche quien me lo explicó, justo ocho días antes de separarnos.

— *Il a du chance* [92] —chasqueó—. La babouchka está realmente enferma y no tiene remedio. Míster Astley ha telegrafiado; no puedes negar que, a pesar de todo, él es su heredero. Y aunque no lo sea, no me estorbará. En primer lugar, tiene su pensión, y en segundo lugar, vivirá en el cuarto de al lado y estará más contento que unas pascuas. Yo seré 'madame la générale'. Entraré en la buena sociedad (Blanche soñaba con esto todo el tiempo), luego llegaré a ser una terrateniente rusa, *j'aurai un château, des moujiks, et puis j'aurai toujours mon million*! [93]

— Bueno, pero si empieza a tener celos, preguntará... sabe Dios qué cosas, ¿entiendes?

— ¡Oh, no, non, non, non! ¡No se atrevería! He tomado mis precauciones, no te preocupes. Ya le he hecho firmar algunos pagarés a nombre de Albert. Al menor paso en falso será castigado al instante. ¡No se atreverá!

— Bueno, cásate con él...

La boda se celebró sin grandes festejos, en familia y con discreción. Entre los invitados estaban Albert y algunos amigos cercanos. Hortense, Cléopâtre y las demás quedaron excluidas sin contemplaciones. El novio estaba enormemente emocionado por su situación. La misma Blanche le anudó la corbata y le puso pomada en el pelo.

---

92 Él tiene suerte.

93 Tendré un castillo, los moujiks, ¡y siempre tendré mi millón!

Con su frac y su chaleco blanco ofrecía un aspecto très comme il faut.[94]
"*Il est pourtant très comme il faut*" [95] —me explicó Blanche, saliendo de la habitación del general, como sorprendida de que, efectivamente, tuviera un porte tan adecuado. Yo, que participé en todo como un espectador indolente, recuerdo pocos detalles; he olvidado mucho de lo que pasó. Lo único que recuerdo con claridad es que el apellido de Blanche no era realmente "de Cominges" (y, por supuesto, su madre no era la "veuve Cominges"), sino "du Placet". No sé por qué ambas se habían hecho pasar por de Cominges hasta entonces. Sin embargo, el general quedó satisfecho con ello y hasta prefería "du Placet" a "de Cominges". La mañana de la boda, ya vestido completamente, se paseaba de un extremo a otro de la sala, repitiendo con seriedad y orgullo: "¡Mademoiselle Blanche du Placet! ¡Blanche du Placet! ¡Du Placet!" En su rostro brillaba una evidente vanidad. En la iglesia, en la alcaldía y en casa, donde se sirvió un refrigerio, se mostró no solo alegre y satisfecho, sino incluso orgulloso. Algo les ocurrió a ambos, porque incluso Blanche mostraba una dignidad especial ese día.
"Es menester que ahora me conduzca de manera totalmente distinta" —me dijo Blanche con una seriedad inusual—. "*Mais vois-tu, hay algo horrible: todavía no he aprendido mi nuevo apellido. Zagorianski, Zagozianski,*

94 Muy apropiado.

95 Sin embargo, es muy apropiado.

madame la générale de Sago-Sago, ces diables de noms russes, enfin madame la générale à quatorze consonnes! Comme c'est agréable, n'est-ce pas?" [96]

Finalmente nos separamos, y Blanche, la tonta de Blanche, hasta derramó unas lágrimas al despedirse de mí. "*Tu étais bon enfant* —dijo entre gimoteos—. *Je te croyais bête et tu en avais l'air*; [97] pero eso te sienta bien. "Y al darme el último apretón de manos, exclamó de pronto: "*Attends*!" [98] Corrió a su gabinete y regresó un minuto después con dos billetes de mil francos. ¡Nunca lo hubiera imaginado! "Esto te vendrá bien; quizás como outchitel seas muy listo, pero como hombre eres terriblemente tonto. Por nada del mundo te daré más de dos mil, porque los perderías al juego. Bueno, adiós! *Nous serons toujours bons amis, si ganas otra vez venme a ver sin falta, et tu seras heureux*!" [99]

Todavía tenía quinientos francos, además de un magnífico reloj que valdría mil, un par de gemelos de brillantes y alguna otra cosa. Con eso podría arreglármelas durante un tiempo sin preocuparme de nada. Vine a este pequeño pueblo para hacer inventario de mí mismo, pero sobre todo para esperar a míster Astley. Sé que probablemente

---

96 Pero ya ves... señora generala de Sago-Sago, esos diabólicos nombres rusos, ¡en fin señora generala con catorce consonantes! ¿Qué bonito, no?

97 Has sido buen niño. ... Pensé que eras tonto y lo parecías;

98 ¡Espera!

99 ¡Siempre seremos buenos amigos, si ganas otra vez ven a verme sin falta y serás feliz!

pasará por aquí en un viaje de negocios y se detendrá. Me enteraré de todo... y después... después iré derecho a Homburg. No iré a Roulettenburg, tal vez el año que viene. Dicen que es de mal agüero probar suerte dos veces seguidas en la misma mesa de juego. Y en Homburg se juega en serio.

Capítulo 17

Hace un año y ocho meses que no he echado un vistazo a estas notas, y solo ahora, desalentado y melancólico, las he vuelto a leer por pura casualidad, con la intención de distraerme. Me quedé entonces en el punto en que salía para Homburg. ¡Dios mío! ¡Con qué ligereza de corazón, hablando relativamente, escribí esas últimas frases! Mejor dicho, no con qué ligereza, sino con qué presunción, con qué firmes esperanzas. ¿Acaso tenía alguna duda sobre mí mismo? ¡Y he aquí que ha pasado algo más de año y medio y, a mi modo de ver, estoy mucho peor que un mendigo! ¿Qué digo mendigo? ¡Ni siquiera eso! Sencillamente estoy perdido. Pero no hay comparación posible, y no tengo motivos para darme lecciones de moral. Nada sería más estúpido que moralizar ahora. ¡Oh, hombres satisfechos de sí mismos! ¡Con qué arrogante jactancia están dispuestos esos charlatanes a recitarme sus máximas! Si supieran lo bien que comprendo lo abominable de mi situación actual, no se atreverían a sermonearme. Porque, vamos a ver, ¿qué pueden decirme que yo no sepa? ¿Y acaso importa eso? El asunto no es ese: basta con un giro de la rueda, y todo cambia. Y esos mismos moralistas (estoy seguro de ello) serán los primeros en venir con bromas amistosas a felicitarme. Y no se apartarán de mí como lo hacen ahora. ¡Pero me da igual lo que piensen, todos ellos! ¿Qué soy ahora? Zéro. ¿Y qué puedo ser mañana? ¡Mañana puedo resucitar de entre los muertos y volver a empezar a vivir! ¡Puedo encontrar al hombre que llevo dentro, mientras aún no lo he perdido!

En efecto, fui entonces a Homburg, pero... más tarde estuve otra vez en Roulettenburg, también en Spa, e incluso en Baden, a donde fui como ayuda de cámara del consejero Hinze, un bribón que fue mi amo aquí. Sí, también trabajé de lacayo, nada menos que durante cinco meses. Eso fue recién salido de la cárcel (porque estuve en la cárcel en Roulettenburg por una deuda que contraje aquí. Un desconocido pagó mi deuda y me sacó. ¿Quién sería? ¿Míster Astley? ¿Polina? No lo sé. La deuda, de doscientos táleros, fue saldada, y fui puesto en libertad). ¿A dónde iba a ir? Terminé entrando al servicio de ese Hinze. Es un hombre joven y voluble, amante de la ociosidad, y yo sé hablar y escribir tres idiomas. Al principio entré a trabajar con él como secretario o algo por el estilo, con un sueldo de treinta gulden al mes, pero terminé siendo un auténtico lacayo, porque sus medios no le permitieron seguir pagando un secretario y me rebajó el salario. Como no tenía adónde ir, me quedé, y así, por decisión propia, me convertí en lacayo. Durante mi tiempo a su servicio, apenas comí ni bebí lo suficiente, pero en cinco meses conseguí ahorrar setenta gulden. Una noche, en Baden, le dije que quería dejar su servicio, y esa misma noche me fui a la ruleta. ¡Oh, cómo me martilleaba el corazón! No, no era el dinero lo que me atraía. Lo único que deseaba en ese momento era que todos esos Hinze, esos Oberkellner y esas magníficas damas de Baden hablasen de mí, contasen mi historia, se asombraran de mí, me colmaran de alabanzas y me rindieran pleitesía por mis nuevas ganancias. Todo eso eran quimeras y deseos infantiles, pero… ¿quién sabe? Quizá me toparía con Polina y podría contarle —y demostrarle— que estoy por encima de todos esos necios reveses del destino. ¡Oh, no era el dinero lo que me tentaba! Estoy seguro de que lo habría despilfarrado de nuevo con alguna Blanche y que, una vez más, me habría paseado en coche por París durante tres semanas, con un tronco de caballos propios valorados en dieciséis mil francos. Porque, la verdad sea dicha, no soy avaro; más bien creo que soy un derrochador. Y, sin embargo, ¡con qué temblor, con qué desfallecimiento del corazón escucho el grito del croupier: *trente et un, rouge, impaire et passe, o bien: quatre, noir, pair et manque*! Con qué avidez observo la mesa de juego, cubierta de luises, federicos y táleros, las columnas de oro, el rastrillo del croupier que desmorona esas columnas como si fueran brasas candentes, o los altos montones de monedas de plata junto a la rueda. Todavía, cuando me acerco a la sala de juego, aunque haya dos habitaciones de por medio, siento casi un calambre al oír el tintineo de las monedas desparramadas.

Ah, aquella noche en la que llegué a la mesa de juego con mis setenta gulden fue realmente memorable. Empecé apostando diez gulden, una vez más en *passe*. Perdí. Me quedaban sesenta gulden en plata; reflexioné y me decidí por el *zéro*. Comencé a apostar cinco gulden al *zéro* por puesta, y a la tercera salió el *zéro*. Casi desfallecí de alegría cuando me entregaron ciento setenta y cinco gulden.

No había sentido tal gozo ni siquiera aquella vez que gané cien mil gulden. A continuación, aposté cien gulden al rojo, y salió; luego doscientos al rojo, y salió; cuatrocientos al negro, y salió; ochocientos al *manque*, y salió. Contando todo, hacía un total de mil setecientos gulden, ¡y todo en menos de cinco minutos! Sí, en esos momentos se olvidan todos los fracasos anteriores. Porque logré esto arriesgando más que la vida; me atreví a arriesgar… y pude contarme de nuevo entre los hombres.

Tomé una habitación en un hotel, me encerré en ella y estuve contando mi dinero hasta las tres de la madrugada. A la mañana siguiente, cuando desperté, ya no era lacayo. Decidí irme a Homburg ese mismo día; allí no había sido lacayo ni había estado en la cárcel. Media hora antes de la salida del tren, fui a hacer dos apuestas, solo dos, y perdí ciento cincuenta florines. A pesar de ello, me trasladé a Homburg, y ya llevo aquí un mes…

Vivo, como es de esperar, en perpetua zozobra; juego cantidades muy pequeñas y estoy a la espera de algo. Hago cálculos, paso días enteros junto a la mesa de juego observándola, hasta la veo en sueños. De todo esto deduzco que poco a poco voy insensibilizándome, como hundiéndome en agua estancada. Llego a esta conclusión por la impresión que me ha producido tropezar con míster Astley. No nos habíamos visto desde entonces y nos encontramos por casualidad. Así fue como ocurrió: fui a los jardines y calculé que casi no tenía dinero, pero aún contaba con cincuenta gulden, además de que tres días antes había pagado por completo la cuenta del hotel, donde tengo alquilado un cuchitril. Por lo tanto, me queda la posibilidad de acudir a la ruleta, pero solo una vez: si gano algo, podré continuar jugando; si pierdo, tendré que volver a ser lacayo, a menos que aparezcan pronto algunos rusos que necesiten un tutor. Pensando en esto, daba mi paseo diario por el parque y por el bosque del principado vecino. A veces caminaba así durante cuatro horas y regresaba a Homburg cansado y hambriento. Apenas había pasado de los jardines al parque cuando, de repente, vi a míster Astley sentado en un banco. Él fue el primero en verme y me llamó en voz alta. Me senté junto a él. Al notar cierta gravedad en su expresión, moderé de inmediato mi entusiasmo, pero aun así me alegró mucho verlo.

—¡Así que está usted aquí! Ya pensaba yo que iba a tropezar con usted —me dijo—. No se moleste en contarme nada: lo sé todo, todo. Me es conocida toda su vida durante los últimos veinte meses.

— ¡Bah! ¿Así que espía usted a los viejos amigos? —respondí—. Le honra a usted no haberse olvidado de mí... Pero espere, me hace pensar en algo: ¿no fue usted quien me sacó de la cárcel de Roulettenburg, donde estaba preso por una deuda de doscientos gulden? Fue un desconocido quien me rescató.

—¡No, oh, no! Yo no le saqué de la cárcel de Roulettenburg, pero sí sabía que estaba usted allí por una deuda de doscientos gulden.

— ¿Quiere decir con eso que sabe quién me sacó?

— Oh, no. No puedo decir que sepa quién fue.

— Qué cosa más rara. No conozco a ningún ruso aquí, y dudo que los rusos rescaten a nadie por aquí. En Rusia es distinto: los ortodoxos rescatan a los ortodoxos. Pensé que quizá algún inglés excéntrico lo habría hecho por simple excentricidad.

Míster Astley me escuchó con cierto asombro. Al parecer, esperaba encontrarme triste y abatido.

— Me alegra mucho, de todos modos, ver que conserva plenamente su independencia espiritual y hasta su jovialidad —dijo con un tono algo desagradable.

— Es decir, que está usted rabiando por dentro porque no me ve deprimido ni humillado —dije yo, riendo.

No comprendió al instante, pero cuando lo hizo, sonrió.

— Me gustan sus observaciones. Reconozco en sus palabras a mi antiguo amigo, ingenioso, entusiasta y cínico. Los rusos son los únicos capaces de reconciliar tantas contradicciones en una sola persona. Es cierto: a uno le gusta ver humillado a su mejor amigo, y en gran medida, la amistad se funda en la humillación. Esta es una vieja verdad que todo hombre inteligente conoce. Pero le aseguro que, en esta ocasión, de verdad me alegra ver que no ha perdido el coraje. Dígame, ¿no tiene intención de abandonar el juego?

— ¡Maldito sea el juego! Lo abandonaré en cuanto…

— ¿En cuanto se desquite? Ya me lo imaginaba. No siga, ya lo sé; lo ha dicho sin querer, así que ha dicho la verdad. Dígame, aparte del juego, ¿no se ocupa usted de nada?

— No, de nada.

Empezó a hacerme preguntas. Yo no sabía nada, apenas había hojeado los periódicos, y durante todo ese tiempo ni siquiera había abierto un libro.

— Se ha anquilosado usted —observó—. No solo ha renunciado a la vida, a sus intereses personales y sociales, a sus deberes como ciudadano y como hombre, y a sus amigos (porque los tenía usted, a pesar de todo). No solo ha renunciado a cualquier propósito que no sea ganar en el juego, sino que ha renunciado incluso a sus recuerdos. Yo le recuerdo en un momento ardiente y lleno de energía, pero estoy seguro de que ha olvidado todas sus mejores impresiones de entonces. Sus ilusiones, sus ambiciones actuales, incluso las más apremiantes, no van más allá del *pair et impair, rouge, noir*, los doce números medios, etcétera, etcétera. Estoy seguro.

— Basta, míster Astley, por favor, no siga recordándome nada —exclamé con enojo, cercano al rencor—. Sepa que no he olvidado absolutamente nada, pero por el momento he excluido todo eso de mi mente. Incluso los recuerdos. Lo he hecho hasta que mi situación mejore de forma radical. Entonces… ¡Entonces verá usted cómo resucito de entre los muertos!

— Estará usted aquí todavía dentro de diez años —dijo—. Le apuesto que se lo recordaré en este mismo banco, si sigo vivo.

— Bueno, basta —interrumpí con impaciencia—. Y para demostrarle que no he olvidado tanto del pasado, permítame preguntarle: ¿dónde está miss Polina? Si no fue usted quien me sacó de la cárcel, probablemente fue ella. No he sabido nada de ella desde entonces.

— ¡No, oh no! No creo que haya sido ella quien lo sacó. Está ahora en Suiza, y me haría un gran favor si dejara de preguntarme por miss Polina —dijo sin rodeos y hasta con enfado.

— Eso significa que también a usted le ha herido mucho —respondí, riendo casi sin querer.

— Miss Polina es la mejor de las criaturas y la más digna de respeto. Pero le repito: me hará un gran favor si deja de mencionarla. Usted nunca la conoció realmente, y considero un insulto a mi sentido moral escuchar su nombre en sus labios.

— ¡Así que ahí estamos! Pero se equivoca. ¿De qué cree usted que hablaríamos, usted y yo, si no de eso? Porque en eso consisten todos nuestros recuerdos. Pero no se preocupe, no me interesa conocer ninguno de sus asuntos íntimos o confidenciales. Solo me interesa, por así decirlo, la situación externa de miss Polina, su condición aparente actual. Eso puede decirse en dos palabras.

— Bueno, para que todo quede claro en dos palabras: miss Polina estuvo enferma durante mucho tiempo; todavía lo está. Por un tiempo vivió con mi madre y mi hermana en el norte de Inglaterra. Hace medio año, su abuela —seguro que la recuerda, aquella mujer tan excéntrica— murió y le dejó bienes personales por valor de siete mil libras. Actualmente, miss Polina viaja con la familia de mi hermana, que ahora está casada. Su hermano y su hermana menores también recibieron su parte del testamento de la abuela y están en colegios de Londres. El general, su padrastro, murió de apoplejía en

París hace un mes. Mademoiselle Blanche se portó bien con él, aunque logró apoderarse de todo lo que le dejó la abuela... creo que eso es todo.

— ¿Y Des Grieux? ¿No está viajando también por Suiza?

— No, Des Grieux no está viajando por Suiza, y no sé dónde está Des Grieux. Además, le advierto por última vez que deje de hacer alusiones tan innobles o tendrá que vérselas conmigo.

— ¿Cómo? ¿A pesar de nuestras antiguas relaciones amistosas?

— Sí, a pesar de nuestras antiguas relaciones amistosas.

— Le pido mil perdones, míster Astley, pero permítame decirle que no hay nada injurioso o innoble en lo que he dicho. Porque no culpo a miss Polina de nada. Además, hablando en términos generales, la conexión entre un francés y una señorita rusa es algo que ni usted ni yo podemos calibrar ni entender por completo.

— Si no menciona el nombre de Des Grieux en relación con otro nombre, le pido que me explique qué quiere decir con la expresión «un francés y una señorita rusa». ¿Qué conexión es esa? ¿Por qué precisamente un francés y necesariamente una señorita rusa?

— Ya veo que le interesa. Pero es un tema largo, míster Astley. Habría mucho que analizar antes de entrar en ello. Sin embargo, es una cuestión importante, aunque pueda parecer ridícula a primera vista. El francés, señor Astley, es el ideal de la forma perfecta y elegante. Usted, como británico, quizá no esté de acuerdo con esta afirmación; yo, como ruso, tampoco estoy del todo de acuerdo, aunque tal vez sea por envidia. Pero nuestras damas pueden opinar de manera muy distinta. Usted puede considerar a Racine artificial, amanerado y relamido; es probable que ni siquiera tolere leerlo. Yo también lo encuentro artificial, afectado y hasta ridículo desde cierto punto de vista. Pero, al mismo tiempo, míster Astley, Racine es delicioso y, lo que es aún más importante, un gran poeta, nos guste o no a usted y a mí. El estilo francés, especialmente el parisino, alcanzó su máximo refinamiento cuando nosotros todavía éramos unos bárbaros. La revolución heredó lo mejor de la aristocracia. Hoy en día, incluso el francés más vulgar tiene maneras, expresiones y pensamientos de gran refinamiento, aunque no sea mérito suyo, ni de su iniciativa, ni de su espíritu, ni de su corazón. Todo esto le ha llegado como herencia. Ahora bien, los franceses, en sí mismos, pueden ser fatuos e infames hasta límites insospechados. Pero, míster Astley, debo decirle que no hay criatura más crédula y sincera que una joven rusa que sea buena, juiciosa y no demasiado afectada. Des Grieux, presentándose bajo cualquier papel o enmascarado, puede conquistar fácilmente su corazón. Posee una forma refinada, míster Astley, y la joven creerá que esa forma es la verdadera índole del caballero, la expresión natural de su ser y su sentir, y no un disfraz heredado. Por muy desagradable que esto le parezca, debo confesarle que la mayoría de los ingleses son desmañados y toscos. Los rusos, en cambio, tienen bastante tino para reconocer la belleza y son sensibles a ella. Pero reconocer la belleza espiritual y la originalidad de una persona requiere mucha más independencia y libertad de la que poseen nuestras mujeres, especialmente las jóvenes, y, en cualquier caso, más experiencia. Miss Polina, pues, necesitaba mucho, muchísimo tiempo para preferirlo a usted antes que al canalla de Des Grieux. Le estimará, le dará su amistad, le abrirá su corazón, pero en él seguirá reinando ese odioso canalla, ese Des Grieux mezquino, ruin y mercenario. Y esto será incluso consecuencia, por así decirlo, de su terquedad y orgullo, ya que ese mismo Des Grieux se presentó tiempo atrás ante ella con la aureola de un marqués elegante, de un liberal desilusionado, que, según parecía, se había arruinado intentando ayudar a la familia de ella y al mentecato del general. Todas estas bribonadas salieron a la luz más tarde; pero no importa que hayan salido. Si le devolviera ahora al Des Grieux de antes —ese es el que ella necesita—. Y cuanto más detesta al Des Grieux de ahora, tanto más echa de menos al de antes, aunque ese "de antes" existía solo en su imaginación.

—¿Es usted fabricante de azúcar, míster Astley?

— Sí, soy socio de la conocida fábrica de azúcar Lowell and Company.

— Bueno, pues ya ve, míster Astley. De un lado, un fabricante de azúcar, y del otro, el Apolo de Belvedere. Me parece que estas dos cosas no tienen relación entre sí. Yo ni siquiera soy fabricante de azúcar; no soy más que un insignificante jugador de ruleta, e incluso he servido de lacayo, lo que seguramente sabe miss Polina, porque, al parecer, tiene una policía excelente.

— Está usted furioso, y por eso dice esas tonterías —comentó míster Astley con calma y en tono pensativo—. Además, lo que dice no tiene nada de original.

— De acuerdo, pero lo terrible del caso, noble amigo mío, es que todas estas acusaciones mías, por trilladas, chabacanas y grotescas que sean, son verdad. En fin, usted y yo no hemos sacado nada en limpio.

— Eso es una tontería repugnante, porque... porque... sepa usted —dijo míster Astley, con voz trémula y un destello de ira en los ojos—, sepa usted, hombre innoble e indigno, hombre mezquino y desgraciado, que he venido a Homburg por encargo de ella para verle a usted, para hablarle detenida y seriamente, y para darle cuenta a ella de todo: de sus sentimientos, de sus pensamientos, de sus esperanzas y... ¡de sus recuerdos!

— ¿De veras? ¿De veras? —grité, y se me saltaron las lágrimas. No pude contenerlas, al parecer por primera vez en mi vida.

— Sí, desgraciado; ella le quería, y puedo revelárselo porque usted ya es un hombre perdido. Más aún, si le digo que incluso ahora le quiere... pero, en fin, da igual, porque usted se quedará aquí. Sí, se ha destruido usted mismo. Usted tenía ciertas aptitudes, un carácter vivaz y era un hombre bastante bueno; hasta podría haber sido útil a su país, que tan necesitado está de gente útil. Pero... se quedará aquí, y con ello acabará su vida. No le culpo. En mi opinión, todos los rusos son así, o tienden a serlo. Si no es la ruleta, es algo parecido. Las excepciones son raras. No es usted el primero que no comprende lo que es el trabajo (y no hablo del pueblo ruso). La ruleta es un juego predominantemente ruso. Hasta ahora ha sido usted honrado y ha preferido ser lacayo a robar… pero me aterra pensar en lo que puede pasar en el futuro. ¡Bueno, basta! ¡Adiós! Supongo que necesita dinero. Aquí tiene diez *louis d'or*. No le doy más porque, de todos modos, los jugará. ¡Tómelos y adiós! ¡Tómelos, vamos!

— No, míster Astley, después de todo lo que se ha dicho…

— ¡Tó-me-los! —gritó—. Estoy convencido de que aún es usted un hombre honrado, y se los doy como un amigo se los daría a otro amigo de verdad. Si estuviera seguro de que dejaría de jugar de inmediato, de que se iría de Homburg y volvería a su país, le daría ahora mismo mil libras para que comenzara una nueva vida. Pero no le doy mil libras, solo diez *louis d'or*, porque, a decir verdad, mil libras o diez *louis d'or* vienen a ser, para usted en su situación actual, exactamente lo mismo: se las jugaría. Tome el dinero y adiós.

— Lo tomaré si me permite un abrazo de despedida.

— ¡Oh, con gusto!

Nos abrazamos sinceramente y míster Astley se marchó.

¡No, no tiene razón! Si bien yo fui áspero y estúpido con respecto a Polina y Des Grieux, él también se mostró áspero y estúpido con respecto a los rusos. De mí mismo no digo nada. Sin embargo… sin embargo, no se trata de eso ahora. ¡Todo eso son palabras, palabras y palabras! Lo que hace falta son hechos.

¡Ahora lo importante es Suiza! Mañana… ¡oh, si fuera posible marcharme mañana mismo! Regenerarme, resucitar. Tengo que demostrarles... Que Polina sepa que todavía puedo ser un hombre. Solo necesito... claro, ahora es tarde, pero mañana... ¡Oh, tengo un presentimiento, y no puede ser de otro modo!

Ahora tengo quince luises y empecé con quince gulden. Si empezara con cautela... pero de verdad, ¡de verdad que soy un crío! ¿De veras no me doy cuenta de que estoy perdido? Pero... ¿por qué no podría volver a la vida? Sí, basta con ser prudente y perseverante, aunque solo sea una vez en la vida... y eso sería todo. Solo necesito mantenerme firme una vez en la vida, y en una hora puedo cambiar todo mi destino. La firmeza de carácter, eso es lo importante.

Recuerdo lo que ocurrió hace siete meses en Roulettenburg, antes de mis pérdidas definitivas en el juego. ¡Ah, aquel fue un ejemplo notable de firmeza! Lo perdí todo, todo. Salí del casino, revisé mis bolsillos, y en el del chaleco todavía me quedaba un gulden: «¡Al menos me queda algo para comer!», pensé. Pero, cien pasos más adelante, cambié de idea y volví al casino. Aposté ese gulden al *manque* (sí, esa vez fue al *manque*).

Es cierto, hay algo especial en esa sensación, cuando estás solo, en el extranjero, lejos de tu patria, de tus amigos, sin saber si podrás comer ese día, y apuestas tu último gulden. Así, tal cual, el último de todos. Gané, y veinte minutos después salí del casino con ciento setenta gulden en el bolsillo. ¡Así fue, sí! Eso es lo que a veces puede significar el último gulden.

¿Y qué habría sido de mí si me hubiera acobardado entonces, si no me hubiera atrevido a tomar una decisión? ¡Mañana, mañana terminará todo!